오늘은 댕댕이

반려동물 천국 독일에서 벌어지는
좌충우돌 집사 성장기

오늘은 댕댕이

김중희 글 | 빼누 그림

1장

초보 집사의
좌충우돌 멍뭉 일지

우리 집 아이들은 어려서부터 동물이라면 사족을 못 썼다. 특히나 강아지에게는 더더욱. 산책 나온 남의 집 반려견들을 만날 때면 주인에게 허락을 구하고 머리를 한번 꼭 쓰다듬어 주곤 했다. "어우 예뻐, 너무 예뻐." 감탄사를 내지르면서. 그러곤 무덤덤하게 서 있는 엄마 아빠를 향해 처진 눈꼬리를 무기 삼아 처량한 눈빛으로 "우리는 언제 저런 애 집으로 데려와?"를 외쳤다.

그러나 반려견의 이점을 진지하게 설명하는 큰아들의 논리도, 눈웃음을 장착한 딸내미의 필살 애교도, 막내의 막무가내 생떼도 결벽증(?)이 있는 엄마와 일거리가 느는 것에 민감한 아빠에겐 통하지 않았다.

막내가 아직 어리다, 개가 뛰어놀 만한 마당이 없다, 가뜩이나 바쁜데 청소할 시간이 늘어난다, 아침저녁으로 산책은 누가 시키냐, 휴가도 마음대로 못 갈 거다, 그리고 너희는 잠깐 예뻐하다 말 수 있지만, 나머지 몫은 온전히 엄마 아빠가 떠맡아야 한다 등등. 우리 부부는 수많은 이유를 대며 아이들의 바람에 부정적으로 대응했다.

사실 그렇지 않은가? 집에 거의 없는 큰아들이 여자 친구 만날 시간을 포기하고 반려견이랑 놀아 줄 것 같지는 않다. 아르바이트에 남자 친구와 데이트하기도 바쁜 딸내미는? 자기 말로는 학교 가기 전에 아침 산책을 시키겠다고 했지만 믿을 수 없다. 아침 일찍부터 거울 앞에 앉아 화장하고 머리 모양내느라 학교도 간신히 시간 맞춰 가는 네가? 그리고 친구들과 약속 잡고 노는 일이 자기에게 주어진 소명인 양 매일 놀기 바쁜 막내는 어떻고? 집에 있는 동안 잠깐은 예뻐하겠지. 그럼 그 쇠털같이 많은 나머지 시간은 누가 돌보나? 청소도 더 자주 해야 하고, 때 되면 예방 주사 맞히러 병원도 다녀야 하고, 마치 아이를 하나 더 키우는 것만큼 일이 늘 텐데!

친구들과 이웃들도 분명 나중에 몽땅 네 일이 된다며 바쁜데 개를 어떻게 키우냐고 걱정해 주었다. 분명 그랬는데……

어느 날 딸내미가 발견한 브리더의 페이스북에서 본 강아지 모습은 우리 가족의 마음을 몽땅 빼앗아 버렸다. 우리 가족은 하얗고 몽실한 얼굴에 까만 눈동자와 쫑긋한 귀를 가진 그 아이에게 추운 겨울 지나 포근한 봄을 알리는 노란 봄꽃인 '개나리'라는 이름까지 지어 주었다. 그리고 그 아이를 데리러 집에서 300킬로미터 이상 떨어진 곳을 향해 달려갔다.

독일에서 반려견을 데려올 수 있는 곳으로는 한두 종만 전문적으로 키우고 새끼를 낳아 분양하는 일명 브리더(Hundezüchter), 브리더들에게 각기 다른 견종을 받아 분양하는 분양소(Welpenvermittlung), 주인을 잃어버렸거나 버림받은 유기 동물들을 모아 입양 보내는 보호소(Tierheim) 등이 있다.

우리가 간 곳은 두 번째에 속하는 분양소로, 유럽 각처 브리더들에게 들여온 삼십여 마리의 다양한 강아지가 가족을 기다리고 있었다. 집 한 층 전체를 여러 개의 강아지 놀이방처럼 꾸몄을 뿐 아니라, 방 뒤쪽은 강아지 놀이터여서 많은 수의 강아지들이 있어도 바글바글하지 않았다. 물론 서로 장난치다가

싸우는 소리에 시끄럽기는 했지만 말이다.

우리 가족이 한눈에 반해 '개나리'라는 이름까지 지어 놓은 그 아이는 우리나라 진돗개를 닮은 일본 개 아키타견이다. 아키타견은 우리 가족이 울며불며 함께 본 영화 〈하치 이야기〉의 주인공으로, 독일 내에서 전문 브리더가 많지 않은 견종이다. 한마디로 이 동네에서 자주 볼 수 없는 개다. 우리 가족이 왕복 여덟 시간을 마다하지 않고 달려간 이유다.

친절한 직원의 안내로 분양소 내부를 구경하고, 동물 병원에서 나리의 몸 상태를 확인하고, 예방 접종한 나리의 건강 기록부와 인간으로 치면 여권과 같은 펫패스, 그리고 인간의 출생 신고서와 같은 번호표 등의 서류를 보니 걱정이 살살 고개를 들기 시작했다.

"우리가 과연 잘 해낼 수 있을까?"

이제 이 아이의 모든 것을 책임져야 하는데……. 경험이 전무한 우리가 정말 잘 해낼 수 있을까?

마치 뭐에 홀린 것처럼 얼떨결에 대책 없이 저질러 버린 엄마 아빠, 비록 집에 있는 시간은 적지만 나리를 집으로 데려갈 수 있어서 행복하다는 큰아들, 생각했던 것보다 더 예쁘다며

나리 목덜미를 찰칵!
모델료는 필요 없어.
얼굴이 안 나왔으니까.

자기도 드디어 여동생이 생겼다고 환호하는 딸내미, 꿈을 꾸는 것 같다며 붕 떠 있는 막내……, 그리고 큰 체구와 달리 안겨 다니는 것을 좋아하는 강아지 나리. 그렇게 여섯 식구의 좌충우돌 한 지붕살이가 시작되었다.

🐾 성은 개, 이름은 나리

우리 집에 온 나리는 분양소에서와 달리 너무나 조용했다. 어떻게 강아지가 저렇게 조신할 수 있을까 싶을 정도로. 아직 집도 낯설고, 새 가족도 낯설고, 모든 것이 낯설어 그렇겠지 싶다가도 밥도 잘 먹지 않고 계속 잠만 자니 조금씩 걱정이 되기 시작했다.

아이들이 같이 놀고 싶어 "나리, 나리" 불러 대도 아직 자기 이름이 나리인지도 모르는 우리의 개나리는 본척만척 늘어져 있었다. 강아지들이 좋아한다는 테니스공도 한번 앙 물어 보더니 옆에 끼고 누워서는 '아, 개심심해.' 하는 표정을 짓고 있는 게 아닌가.

보다 못한 우리는 나리의 활기를 되찾기 위해 강아지들에게 인기 있다는 인형과 과자뿐 아니라 강아지들의 두뇌 발달에 좋다는 장난감까지 대령했다. 하지만 나리는 별 감흥 없이 눈으로 이렇게 이야기하는 것 같았다.

"뭐 어쩌라고."

우리를 한참 쳐다보던 나리는 기지개를 크게 켜더니 시체놀이에 돌입했다. 마치 이렇게 이야기하는 듯했다.

"귀찮아, 건들지 마. 나 그냥 잘 테야."

우리는 혹시라도 나리가 어디 아픈 건 아닌지 걱정이 되어 브리더에게 전화를 했다.

"우리 나리가 잘 먹지도 않고 놀지도 않고 잠만 자요. 콧물이 좀 나는 것 같기도 하고 기침도 하는 것 같아요. 어디 아픈 게 아닐까요?"

휴대 전화 너머로 브리더의 유쾌한 웃음소리가 들렸다. 브리더는 웃음기 머금은 목소리로 말했다.

"걱정하지 마세요. 아직 새 가족에게 익숙하지 않아서 그래요. 나리에게도 적응할 시간이 필요하답니다!"

어릴 때 집에서 강아지를 키우기는 했지만, 그때 강아지를 키운 건 내가 아닌 엄마였다. 내가 한 건 집 나가서 길 잃어버리고 밖에서 헤매고 있던 강아지를 안고 들어 온 것뿐. 심지어 남편은 집에서 키우던 강아지에게 저리 가라고 손짓했던 기억밖에 없단다.

우리는 강아지에 대해 아는 게 없었다. 한마디로 개무식. 어쩌면 어쩔 줄 몰라 절절매는 모습이 아이를 처음 낳아 키울 때 아무것도 몰라 매일 좌충우돌하던 그때와 닮았는지도 모르겠다. 시간이 지나면 이번에도 나리가 무엇이 필요한지, 무엇을 원하는지 알아차릴 날이 오겠지.

나흘째 되던 날. 얌전히 잠만 자던 나리가 서서히 본색을 드러내기 시작했다. 알고 보니 나리는 가끔 신이 나면 뒤집어져서 까꿍을 날리는 애교쟁이에, 푸른 초원에서 뛰어놀던 습관이 남아 정원 땅을 헤집으며 노는 개구쟁이였다. 그리고 울타리 너머로 지나다니는 사람 구경도 하고, 다양한 차와 자전거, 우체부 아저씨의 수레 등 여러 가지 새로운 것에 관심이 충만한 호기심쟁이에, 아는 사람을 만나면 컹컹 인사를 빼놓지 않는 수다쟁이였다.

나리는 공놀이 하자고 장난감 공을 던져 주면 조금 놀다 금방 싫증을 낸다. 그리고 어느새 숨겨 놓은 실내화 한 짝을 찾아내 물고 잽싸게 도망을 간다. "안 돼!" 하는 외침이 끝나기도 전에 실내화를 물어뜯고, 정원에 여기저기 흙을 파놓고 킁킁거리며 개미 사냥을 하는가 하면, 아침에 막내가 학교 갈 준비를 하고 있으면 애처로운 눈빛으로 "오빠, 오늘 학교 안 가면 안 돼?" 하는 표정을 짓는다. 요런 여우.

학교에서 돌아온 막내가 정원에서 농구하는 것을 한참 동안 구경하고, 언니가 틀어 놓은 알 수 없는 음악을 들으며 꾸벅꾸벅 졸기도 하고, 창문 밖으로 들리는 차 소리에 열심히 짖어 대다가 엄마가 "괜찮아, 트럭 소리야. 나. 리!" 하고 외치면 조용해지기도 한다. 그리고 아빠가 퇴근해서 집에 오면 온몸으로 반가움을 표시한다.

이렇게 나리는 매일 재미난 것을 찾아내고, 우리에게 새로운 모습을 보여 주며 새 식구로 적응을 해 나갔다. 그러는 동안 나는 우리 집에 익숙지 않아 혼자 둘 수 없는 강아지 나리를 돌보느라 많은 시간과 체력을 쓰며 지냈다.

문득 이런 생각이 들었다. '손주를 본대도 이상할 것이 없는 나이에 어느 날 갑자기 이제 막 기기 시작한 아기를 데려온 것 같다.' 말도 안 통하고, 손은 많이 가고, 혼자 둘 수 없는 것이 똑같지 않은가. 나도 아직 적응 중이라 때로 답답하고 스트레스받는 순간이 있다. 그럴 때면 내가 무슨 생각으로 이런 큰일을 덥석 저질렀는지 스스로를 탓하곤 한다.

하지만 머리를 쓰다듬고 배를 긁어 주면 좋아서 기지개를 켜고 꼬리를 흔드는 나리를 보면 그런 생각이 단번에 사라진다. 매일 쓸고 닦아도 온 집 안에 진동하는 나리의 체취에 어디에나 나리가 있는 것 같고, 새벽 여섯 시면 깨우는 나리 덕분에 온 가족의 지각 걱정이 사라졌다. 물론, 주말의 늦잠 또한 물 건너갔지만.

그래도 뭐 이 정도면 서로 잘 적응해 나가고 있다고 생각했다. 우리도, 나리도. 그 일이 터지기 전까지는 말이다.

🐾 천방지축 개나리의 문제

나리가 우리 집에 온 지 일주일. 호기심 많은 나리에게 집 안 모든 물건은 장난감이 되었다. 커튼, 신발, 실내화, 신문, 식탁 다리, 가방 할 것 없이 궁금하다 싶으면 일단 킁킁 냄새를 맡고, 할짝거리고, 앙 깨문다. 그러다 나와 눈이 마주치면 삼십육 계 줄행랑! 따끔하게 혼이 나고 나면 시무룩 알겠다는 눈빛을 발사하지만, 돌아서면 언제 그랬냐는 듯 사고를 친다.

어느새 우리 가족이 집에 돌아와 가장 먼저 하는 일은 각자의 신발과 가방을 나리 발이 닿지 않는 곳에 숨겨 두는 것이 되었다. 수시로 바닥 청소하는 것은 물론이요, 뭐라도 흘린 것은 없나 확인하는 게 습관이 되었다.

우리 가족은 산책을 하면서 만나는 동네의 수많은 반려견과 이웃에게 이것저것 유용한 경험담과 정보를 얻는다.

  가령 이 동네에서 깡패 반려견으로 유명한 화이트 셰퍼드는 산책 중에 줄도 묶지 않은 채 돌아다니기 일쑤인데, 벌써 다른 반려견 여럿을 물어서 문제를 일으켰다고 한다. 그래서 몇몇 견주들은 산책을 하다 저 길 끝에 그 셰퍼드와 반려인이 보이면 산책로를 변경한다고 한다. 그리고 어느 집 반려견은 다리 수술을 크게 두 번이나 해서 첫해에 1,500유로(약 225만 원) 이상이 들었노라며 미리 반려견을 위한 수술 보험을 들어 두라는 이야기도 들었다. 예방 접종 같은 자잘한 지출은 괜찮은데 수술 같은 큰일에 드는 비용이 어마어마하다고 말이다.

  이웃집 견주 아스트리트는 자기네 반려견 어깨끈을 새로 샀는데 너무 커서 맞지 않는다며 어깨끈을 선물로 주기도 했다. 우리 동네에 반려동물 용품 상가 중에 사료는 어디가 좋고, 일반 용품은 어디가 선택의 폭이 넓은지 등등. 이렇게 다른 견주들과 유용한 정보와 값진 경험을 공유할 수 있고, 나리가 다른 강아지들을 만나 잠깐이라도 함께 놀 수 있는 산책은 정말이지 여러모로 유용하다. 가끔은 나리가 너무 반가워하며 들이 대서 다른 강아지에게 내침을 당하기도 하지만 말이다.

그런데 다른 집 반려견들은 산책 중에 큰 것, 작은 것 할 것 없이 볼일을 가뿐히 해결하는데, 나리는 언제나 우리 집 정원 한 귀퉁이에 이제 막 빨간 딸기가 조롱조롱 열리기 시작한 딸기밭 한가운데서만 볼일을 본다. 딸기야 사서 먹으면 되고, 어찌 되었든 밖에서 볼일을 본다는 것은 칭찬받을 일이긴 하다. 하지만 문제는 시간이었다.

한결같은 식사 시간에 비해 참으로 다양한 배변 시간에 난감할 때가 한두 번이 아니다. 얼마 전 우리 집 정원으로 마실 나온 옆집 고양이 루시를 쫓다가 나리는 우리 집과 옆집 사이 나무울타리 틈새, 일명 개구멍을 발견했다. 그 후 옆집으로 넘어가려다가 옆집 아저씨에게 발각되어 다시 집으로 돌려보내졌다. 한번은 청소차가 지나가는 소리에 울타리 틈새를 통해 집 밖으로 나가려다 궁둥이가 끼여 실패한 적도 있다.

안 그래도 눈에 띄는 미모 덕분에 잠깐이라도 나리를 혼자 정원에 두는 것이 신경 쓰였는데, 이런 일이 생기자 나는 화장실을 가야 한다거나 급하게 집 안에서 뭔가를 해야 할 때면 잠깐씩 정원으로 나가는 문을 잠갔다.

그날도 그랬다. 아침 산책을 하고 정원에서 실컷 놀고 난 후 잠깐 정원 문을 잠갔다. 그런데 그사이 나리가 거사를 치렀다. 집 안에다가.

그 후로 가끔씩 같은 사고를 쳤다. 언젠가는 잠자기 전 저녁 산책을 하고 실컷 놀고 나서도 볼일을 보지 않고 있다가 모든 문이 잠기고 모두가 잠자러 올라가고 난 후에 부엌으로 잠입해 온종일 잘 먹었노라 푸지게 증명해 보이기도 했다. 혹시라도 모두 잠든 밤 또는 새벽에 아무도 없는 부엌에서 나리가 사고를 칠까 봐 탁자와 말랑 의자로 바리케이드를 쳤는데…….설마 그 사이를 뚫고 요로코롬 대형 사고를 쳐 놓았을 줄은 상상도 못 했다.

부엌 한가운데 마치 조각품처럼 자리 잡고 굳어 있는 그것을 본 순간 은근히 결벽증이 있는 나는 경악하지 않을 수 없었다. 그렇다고 잠 안 자고 나리의 화장실 때를 기다리면서 보초를 설 수도 없고, 문을 열어 놓고 잘 수도 없지 않은가. 강아지들은 본능적으로 자기 냄새와 흔적을 찾아 같은 곳을 애용한다고 들었다. 해서 급한 대로 반려견 배변 시트를 사다 깔아놓았다.

지나다니며 널따란 풀밭에서 우아하게 볼일을 보고 있는 남의 집 반려견들과 그 뒤처리를 하고 까만 봉지를 흔들며 사뿐하게 사라지는 견주들을 부러움에 젖은 눈으로 한참을 바라보았다.

"좋겠다, 너희들은. 나리야, 내일은 너도 쟤들처럼 저기다 하자. 나도 배변 봉투 들고 싶다……. 흑흑흑."

🐾🐾 전지적 나리 시점

내 이름은 개나리, 모두 나를 나리라고 부른다. 새로운 가족을 만나 이 집에 온 지 어언 이 주가 되어 간다. 전에 있던 집보다 놀이터도 화장실도 작지만 그런대로 견딜 만하다. 친구들이 없어 가끔 무지하게 심심하지만 말이다. 그럴 때면 울타리 앞 내 자리에 오도카니 앉아 오는 개, 가는 개를 구경한다. 이 동네는 어쩨 친구들이 여럿이 몰려다니는 법이 없다. 반려인 한 명당 하나씩 줄을 매고 돌아다니는 친구들을 보면 쟤네들은 숨바꼭질을 해 본 적이 있을까 궁금해진다. 아, 친구들 보고 싶다.

아침에 눈을 뜨자마자 내게 달려오는 꼬맹이 오빠는 나와 눈높이가 맞다. 딱 내 수준이라는 말이다. 주로 내 장난감을 가지고 같이 노는데, 때로는 나보다 더 재미있어한다. 그래도 뭐 아쉬운 대로 놀이 친구로 제법 쓸 만하다. 게다가 내가 그냥 앉고 싶어서 앉은 건데도, 자기가 앉으래서 앉은 줄 알고 가족들에게 자랑하며 허세를 떠는 면이 제법 귀엽다. 그리고 엄마 몰래 간식을 척척 잘도 준다. 여러모로 쓸모가 있다.

그래도 나는 새 가족 중에 아빠가 최고로 좋다. 아빠는 나를 잘 안다. 내가 뭘 좋아하는지, 어떻게 해 주길 바라는지. 그래서 아빠만 보면 저절로 빙그레 미소가 지어진다. 지난번에 문이 잠겨 있어 내가 집 안에 큰일을 보았을 때도 아빠는 엄마처럼 소란을 피우지 않았다. 그저 기가 막힌다는 듯이 웃었을 뿐. 역시 어른은 다른가 보다. 게다가 아빠는 우리 가족의 대장이다. 아침 일찍 나갔다가 저녁이 다 되어 들어오는데도 엄마가 뭐라고 하지 않는다. 며칠 전 언니가 늦게 들어왔을 때 엄마가 폭풍 잔소리하는 것을 보았다. 역시나 힘이 없으면 저렇게 당하는구나 싶었다.

다른 동네에 살아서 아주 가끔만 볼 수 있는 큰오빠는 센스

쟁이에 배려심이 많다. 나와 산책할 때도 내 걸음에 맞추어 걷고 심심하지 않게 다정한 목소리로 말을 걸어 준다. 차를 타고 이동할 때면 흔들리는 차 안에서 내 몸이 기울까 봐 나를 꼭 안고 있어 준다. 오 개월이 다 된 나를 너무 강아지처럼 대해서 답답할 때도 있지만, 그래도 나를 아끼는 마음이 느껴져 큰 오빠에게는 잘 보이고 싶다.

언제나 좋은 냄새가 나는 언니는 힘도 세고 성질이 급하다. 그리고 뭘 하는지 모르지만 계속 바쁘다. "나리!" 하고 불러서 달려가려고 하면, 쏜살같이 달려와 나를 번쩍 들어 안는다. 거, 좀 기다리면 될 것을 괜히 힘을 쓴다. 그리고 엄마가 "나리랑 좀 놀아 줘."라고 이야기하면 "알았어요." 대답해 놓고 나를 옆에 끼고 앉아 휴대 전화를 본다. 이거 나랑 놀아 줬다고 해야 해 말아야 해? 그래도 언니는 같은 여자라 그런지 순간 멜랑콜리해지는 내 기분을 알아채고 가끔은 마음이 진정되는 좋은 음악을 틀어 주기도 한다.

다음은 우리 가족 중에서 나를 제일 귀찮게 하는 엄마다. 수시로 산책 가자고 자고 있는 내게 어깨끈을 입힌다. 밖에 나가서는 궁금해서 핥아 보려고 하면 "나리야, 지지야 지지.", 입에

넣지도 않았는데 "나리야, 그런 거 먹으면 아야 해, 퉤해 퉤!" 한다. 아, 정말 피곤하고 귀찮다. 그래서 안 나가려고 자는 척을 하기도 하고, 못 들은 척하기도 하지만 번번이 실패다. 거기다 엄마는 놀라면 5옥타브 소프라노가 된다.

어제 아침, 엄마와 아침에 산책을 하다가 예전 집에서 친했던 친구와 닮은 아이를 만났다. 그 아이의 아빠가 자전거를 타고 빨리 달려가 버려서 확인할 수는 없었지만 분명 냄새는 비슷했다. 두고두고 아쉬워서 오늘 그 길을 다시 한번 가 보기로 결심했다. 엄마가 밖에 쓰레기를 버리고 들어오는 틈을 타서 빛의 속도로 집을 빠져나갔다.

"안 돼, 나리!"

쌩쌩 달리는 차들과 엄마의 찢어지는 듯한 고음에 놀라서 순간 공중 부양을 하고 말았다. 나는 정말 그 아이가 내 친구가 맞는지 확인만 하려던 것인데, 맹세코 가출하려던 건 아닌데……. 그 아이가 친구인지 확인도 못 하고, 집으로 끌려 들어와서 저녁 내내 엄마의 잔소리를 들었다.

"나리, 다시는 그러면 안 돼. 얼마나 놀란 줄 알아? 그 길이 차가 얼마나 빨리 달리는 길인데 그렇게 달려 나가면 어떡해?"

엄마는 같은 소리를 무한 반복으로 쏟아냈다. 그러고는 엄마가 현관문을 열 일이 있거나 화장실을 갈 때면 나를 동그란 공에 묶어 두었다. 6킬로그램이라고 적혀 있는 동그란 공은 아빠의 장난감이다. 아빠는 가끔 공을 들었다 놨다 하면서 놀았다. 그런데 엄마가 "잠깐 있다 풀어 줄게." 하고 사라지더니 오지를 않는다. 화장실에 가야 하는데. 흠, 어쩔 수 없지. 난 아빠의 장난감을 매단 채 화장실로 뛰어갔다. 공이 생각보다 무거웠지만 이제 나도 오 개월인데 이 정도쯤이야.

시원하게 배설하는데, 멀리서 산발한 엄마의 모습이 보인다. 어쩌지, 또 '오 마이 갓!' 소리를 지르려나? 엄마는 다소 놀란 표정을 짓더니 서둘러 내 몸에 어깨끈을 끼웠다.

"나리야, 네가 밖에 나가고 싶었구나. 답답했지?"

사실 나는 쉬가 마려웠을 뿐, 밖은 정말 더워 보이는데……. 하지만 어쩌겠는가. 나중에 더 피곤해지지 않으려면 맞춰 줘야지. 새 가족이 생긴다는 것은 행복한 일이지만 때로는 참 피곤하다.

솜사탕 같은 털과의 전쟁

또다시 때가 되었다. 집 안에서 뭉게구름을 타고 다니는 것 같은 그런 시기. 이 시기에는 가급적 검은색 또는 짙은 색 옷을 피해야 한다. 옷 여기저기에 하얀 보푸라기처럼 나리의 털이 많이도 붙어 있기 때문이다. 한 손에는 청소기, 한 손에는 롤클리너(일명 돌돌이)를 창과 방패처럼 들고 숨어 있는 나리 털을 찾아다닌다. 아니, 사실 찾을 필요는 없다. 고개만 돌려도 여기저기 퍼져 있는 크림색 털들이 나를 기다리고 있으니. 우리 집 똥꼬발랄한 댕댕이 나리의 털갈이가 본격적으로 시작되었다. 털과의 전쟁이 시작된 것이다.

삐죽삐죽 올라온 털을 한 올 한 올 뽑았다. 삐져나온 털만 정

한 무더기 수확한
털 뭉치 앞에서 찰칵!

리하려 했는데……. 이건 뭐, 기다렸다는 듯이 솜사탕 같은 나리의 털이 요술 항아리처럼 계속 나온다. 개마다 털갈이 스타일이 다르지만, 우리 나리는 털갈이 시기에 털이 뭉텅이로 빠진다. 이렇게 빠져도 되나 싶을 정도로. 나리는 일 년에 두 번 대대적으로 털갈이를 한다. 그때마다 거의 한 달가량 온몸의 털을 다 내어놓는다.

나리가 움직이는 곳이면 어디나 하얀 눈이 내리듯 털이 떨어진다. 현관문 앞 커튼에도 소파 옆과 의자 밑에도 나리가 턱을 올려놓거나 와서 기댔던 우리 바지 위에도 네버엔딩 크림색 털이 휘날린다.

또 개들은 자주 습관적으로 온몸을 터는데, 그때마다 함박눈 같은 하얀 털들이 순식간에 공중 부양을 한다. 담아도 담아도, 치워도 치워도 끝이 없다. 별다른 방법은 없다. 빗질을 무한 반복하고, 계속 쓸고 닦고 하는 수밖에.

공격이 최고의 방어라고, 빗질을 자주 해 주는 게 털과의 전쟁에서 버틸 수 있는 가장 좋은 방법이다. 이미 빠진 상태로 매달려 있는 털들도, 빠지려고 준비 운동하고 있는 털들도 미리 거둬들일 수 있기 때문이다.

그런데 빗질이 쉽지가 않다. 도대체가 가만히 있지를 않는다. 자꾸만 요리조리 몸을 트는 나리를 꼬셔서 무사히 빗질을 마무리하려면 2인 1조로 협업을 해야 한다. 손 빠른 남편이 빗을 들고 빗질하는 사이 나는 나리의 눈앞에 간식을 들고 있다가 타이밍 좋게 아주 조금씩 떨어트린다. 그러면 나리는 간식 받아먹는 재미에 푹 빠져 내 손만 바라본다. 그사이 남편은 털을 한 무더기 수확한다.

잔뜩 모인 나리의 털들을 쓰레기봉투 가득 담아 버릴 때면 간혹 이런 생각이 든다. 개털 이불이나 개털 점퍼는 왜 안 만들까? 만약 그런 걸 만든다면 우리 나리 털을 얼마든지 공짜로 나눠 줄 수 있는데 말이다.

'털쪘다'라는 말이 있다. 겨울이 되면 참새든, 고양이든 외부 기온에 맞춰 털이 보송하게 올라오는 걸 재미있게 표현한 말이다. 이와 반대로 털갈이 시기가 되면 털이 숭숭 빠져 홀쭉해진다. 우리 나리도 털갈이하는 동안 점점 홀쭉해진다. 불쌍해 보일 만큼 헐벗은 모습이 되어야 나리의 털갈이는 끝이 난다.

두꺼운 겨울옷을 벗어 던지고 가벼운 봄옷으로 갈아입은 느낌이랄까? 가벼워진 나리는 더욱 발랄한 몸짓으로 집 안 구석구석에서 뒹굴뒹굴하고, 뛰어다닌다.

이 못 말리는 네발 달린 털북숭이와 함께한 지도 육 년이 되었다. 이제는 솜사탕처럼 하얀 털이 무더기로 빠져도 당황하지 않고, 잽싸게 치운다. 함께 산책하다 나리가 멈춰 서면 앞쪽에서 나타날 강아지 친구를 기다리고 있는 건지 다른 골목으로 가 보고 싶은 건지 구분할 수 있다. 나리도 "괜찮아."와 "안 돼."의 차이를 정확히 이해한다. 육 년의 세월 동안 서로에게 내공이 생겼나 보다.

문득 나리가 뭘 하는지 궁금해서 나리를 불렀다. 쫄랑거리며 다가와 내 다리에 기댄다. 추리닝 바지에 하얀 털이 뭉텅이로 묻었다. 나는 옆에 놔둔 돌돌이를 현란하게 굴려 털을 제거했다. 혹시나 간식 주려고 불렀나 싶어 왔던 나리는 기대했던 간식이 나오지 않자 침대로 돌아가 발라당 누웠다. 하얀 털이 침대 위로 후드득 떨어진다. 조만간 청소기 들고 출동이다.

🐾🐾 나리는 지금 개춘기
~~~~~~~~~

나리와 산책하러 다니다 보면 다양한 반려견과 반려인 들을 만나게 된다. 그중에는 자기네 반려견이 지금 사춘기라 까칠하다며 반려견끼리 인사는 힘들겠다고 이야기하는 분들도 있다. "개도 사춘기가 있어요?"라고 묻는 내게 다섯 번째 반려견을 키우고 있는 나딘 할머니는 이렇게 말했다.

"그럼. 있고말고. 사람의 아이들도 사춘기 때 모습이 제각기 다르듯 반려견마다 차이가 있지만 말이야. 십 대 아이들의 사춘기 때와 별반 다르지는 않아."

개의 사춘기라니. 우리 막내 상태와 비슷하려나? 상상이 가지 않았다. 그래서 산책 중 반려견과 함께인 사람을 만날 때마다 개의 사춘기라는 것이 대체 언제쯤 오는지, 얼마나 지속되는지, 증상이나 징후는 어떤 게 있는지 등을 묻곤 했다.

다양한 반려견의 반려인들에게 얻은 정보에 의하면 강아지마다 다를 수 있고 견종마다 차이가 있을 수 있지만, 보통 소형견들이 대형견보다 사춘기가 빨리 오고, 암컷이 수컷보다 빠른 편이라고 한다. 그래서 보통 육 개월에서 한 살 반 사이에 춘기발랄 사춘기가 시작되고, 십팔 개월에서 이십사 개월 사이에 본격적으로 지랄발광(?)의 시기를 겪는다고 한다.

그런데 어느 날부터인가 우리 나리에게도 개춘기 증상이 나타나기 시작했다. 사람들이 입을 모아 말하는 개춘기 증상은 이러하다.

1. 이름을 부르면 폴짝거리며 뛰어오던 강아지가 어느 날부터 불러도 오지 않고 들은 척도 하지 않는다. 그뿐만 아니라 우리는 쳐다보지도 않고 자기가 가고 싶은 방향으로만 냅다 달린다. 원래 "나리야!" 하고 부르면 놀다가도 바람처럼 뛰어오던 우리 나리였는데……

2. 이성에 관심을 둔다. 요즘 나리는 산책 중에 저 멀리 훈훈한 멍멍이가 지나가면 넋을 빼고 쳐다본다. 어렸을 적 짝사랑 대상을 만난 듯 때로는 아련하게, 때로는 기대 안 하고 나간 소개팅에 잘생긴 사람이 나와서 속으로 대박을 외치는 표정으로.

날을 거듭할수록 반항, 식욕 저하, 이성에 대한 관심 충만 등등 '개춘기란 이런 것이다'를 보여 주던 나리는 급기야 우리 가족을 식겁하게 했다.

평소처럼 그날도 우리 부부는 아침 일찍 나리를 데리고 자주 다니는 공원으로 산책하러 나갔다. 공원 안쪽 깊숙한 곳에는 우리가 비밀의 숲이라 부르는 장소가 있다. 인적도 드물고 개들도 띄엄띄엄 오는 데다 목줄도 풀고 다닐 수 있어서 조용한 산책을 하기에 제격인 곳이다.

그동안 나리는 여기저기 뛰어다니며 놀다가도 한 번씩 우리에게 와서 눈도장 찍고, 간식 하나 얻어먹고 다시 팔랑팔랑 뛰어다니며 놀곤 했는데, 아무리 둘러봐도 나리가 보이지 않았다. 숲이 쩌렁쩌렁 울리도록 남편과 내가 나리 이름을 외쳐 보

아도 바스락 소리 하나 나질 않았다. 대체 나리는 어디를 간 걸까? 이른 시간이라 주변에 물어볼 사람도 없었다. 우리는 나리가 사라진 숲속 길을 샅샅이 훑어 내려갔다. 이 길 끝은 막다른 골목이다. 저쪽 끝까지 갔다 해도 돌아 나오는 길에 반드시 우리와 마주치게 되어 있다. 그래서 나리가 우리보다 앞서 뛰어갔어도 안심하고 있었는데……. 아무리 둘러보아도 동그란 꼬리도, 귀엽게 꼬물거리는 두 귀도 보이질 않았다.

혹시 지난번처럼 토끼를 쫓고 있는 건 아닐까? 눈을 크게 뜨고 귀를 기울여도 바람에 흩날리는 나뭇잎 소리뿐 숲은 너무도 고요했다. 가슴이 철렁 내려앉았다. 이러다 나리를 잃어버리면 어쩌지? 경찰에 신고를 해야 할까? 내장칩이 등록되어 있어 누군가 나리를 발견해 경찰서에 데려가 주기만 한다면 찾을 수 있을 텐데……. 우리 나리가 너무 예뻐서 누군가 데려가서 키우면 어쩌지? 우리 나리는 사람을 너무 좋아해서, 맛있는 걸 주면서 가자고 하면 신나서 따라갈 텐데…….

'강아지를 찾습니다.'

며칠 전 마트 앞에 붙어 있던 전단이 떠올랐다. 사진 속 강아지 얼굴에 나리 얼굴이 겹치며 모골이 송연해졌다. 나리를 찾아 발바닥에 땀이 나게 공원 구석구석을 뛰어다녔다. 집에서 기다리고 있을 아이들에게도 상황을 알리기 위해 휴대 전화를 꺼내 들었을 때였다. 모르는 번호로 전화가 걸려 왔다. 휴대 전화 너머로 어떤 여성의 목소리가 들려왔다.

"혹시 강아지 잃어버리셨어요? 우리가 강아지 한 마리를 데리고 있어요."

내막은 이러했다. 아주머니 두 분이 반려견 세 마리와 함께 공원으로 산책을 나왔다. 그런데 웬 강아지 한 마리가 정문 앞에서 왔다 갔다 하더란다. 아주머니들은 주변에 반려인처럼 보이는 사람도 없고, 혹시 이 아이가 함께 산책 나온 가족들과 길이 엇갈려 서로 찾아 헤매고 있는 건 아닐지 걱정이 되어 우선 데리고 있었다. 그러면서 목걸이에 걸려 있는 이름표 뒤에 적힌 번호로 전화를 한 것이다. 만약 통화가 안 되면 이름표 뒤에 적힌 주소지로 데려다줄까도 생각했다고. 얼마나 감사한지……

만약 나리가 이분들을 만나지 못하고 혼자 버스에 전차까지 다니는 큰길로 나갔다면 어떻게 되었을까? 상상만 해도 끔찍

하다. 가슴을 쓸어내리며 연거푸 감사 인사를 했다. 아무것도 모른다는 듯이 그저 해맑게 웃고 있는 나리를 보니 실소가 나왔다. 너 개춘기 맞구나.

밥 잘 주는 이웃집 아줌마

댕댕이 나리는 사람을 좋아한다. 우리 가족뿐만 아니라 아이들부터 이웃 사람, 우체부 아저씨, 환경미화원 아저씨, 집에 공사하러 온 기술자 아저씨, 나아가 길 가다 처음 만나는 사람들에게까지 사정없이 꼬리를 흔들어 댄다.

정원에 앉아 거리를 지나다니는 사람들을 구경할 때면 나리는 짖지 않고 꼬리만 쉴 새 없이 움직인다. 그래서 뛰어놀다가도 사람이 지나가면 울타리 쪽으로 쫓아와서 꼬리를 흔들며 인사하는 나리를 보려고 일부러 우리 집 앞으로 다닌다는 유치원 꼬마들과 그 아이들의 엄마 아빠 들을 심심치 않게 만나고는 한다.

단, 다른 개가 지나갈 때는 예외다. 어떤 때는 "우리 같이 놀면 안 될까?" 하는 애절한 마음을 담아서, 또 어느 때는 "저리가, 썩 꺼지지 못해? 여긴 우리 집이야!"라는 영역 수호의 의지를 담아서 가끔은 찡찡거리고, 또는 지랄 맞게 짖어 댄다.

어쨌거나 나리는 사람을 엄청나게 좋아한다. 그런데 그 좋아함에도 순서와 크기가 다르더라는 거다. 그래서 나는 종종 나리에게 삐진다.

예를 들어 온 가족이 외식이나 쇼핑 등으로 우르르 함께 나갔다가 동시에 집으로 돌아올 때면 나리는 이리 뛰고 저리 뛰며 반가움을 표현한다. 그러고는 좋아하는 순서대로 가서 안긴다. 딸내미, 막내, 큰아들 그리고 남편에게 들러붙어 온갖 애교를 다 떨다가 내게는 인사를 생략하기가 다반사다. 인사를 나누는 모습을 웃는 얼굴로 지켜보면서 이제 내게 오겠지 하고 차례를 기다리다가 실망한 적이 한두 번이 아니다.

또 아침에 일어나서 나리가 간밤에 잘 잤나 싶어 거실로 나가 보면 자기 침대에 누워 있던 나리가 나를 한번 쓱 쳐다보고는 다시 누워서 꼬리를 대충 한두 번 흔들다 다시 잔다. 너무 귀찮은데 안 흔들어 줄 수는 없으니 대충 힘없이 흔들어 주는 것처럼. 그런데 그 뒤로 딸내미, 막내, 남편이 나오면 자리에서 벌떡 일어나 헐레벌떡 뛰어온다. 꼬리를 선풍기 프로펠러처럼 흔들어 대면서.

나리는 산책도 더 많이 시켜 주고 맛난 간식도 더 챙겨 주는 내게는 자주 보여 주지 않는 짓궂은 표정들을 어쩌다 한 번 집에 오는 큰아들에게는 보여 주기 일쑤이고, 장난감 물어다 난리 쳐 놨다고 혼내는 막내에게도 혼날 때만 시무룩하고 돌아서면 언제 그랬냐는 듯 헤헤거리며 다가간다.

딸내미는 말해 뭐 해. 한번은 산책을 하다가 집에 오는 딸내미를 만났다. 어쩌나 난리법석을 떨며 좋아하는지 모르는 사람이 보면 딱 나는 베이비, 아니 강아지시터이고, 딸내미는 주인 언니인 모습이었다. 졸지에 강아지 산책 아르바이트 중인 이웃집 아주머니가 된 기분이었다.

그리고 남편과 함께 퇴근해서 집에 들어갈 때도 남편에게 흔드는 꼬리의 강도와 반김이 이륙하는 헬리콥터라면 내게는 손부채 수준. 그러니 내가 안 삐져?

사진에 찍혀 있는 나리의 표정만 보아도 그날 누구랑 산책 나갔는지 명확히 구분할 수 있다.

막내랑 동네 산책 나갔을 때

나랑 동네 산책 갔을 때

딸내미를 쳐다볼 때

졸다 깨서 나를 발견했을 때

남편이 쓰담쓰담했을 때

내가 예쁘다고 했을 때

한마디로 나리에게 엄마란 밥 잘 주는 이웃집 아줌마와 비슷하다. 같은 가족임에도 이렇게 차별을 하다니. 대체 왜 나리는 나를 이렇게 홀대하는 것인가! 어느 날 아주 우연한 기회에 나는 그 이유를 알게 되었다.

🐾🐾 강아지에게 좋아하는 순서가 정해지는 순간

그날은 나리와 같은 견종인 아키타를 처음 만난 날이었다. 종종 시바를 만난 적은 있는데, 아키타는 만난 적이 없었다. 언뜻 보기에도 포스가 장난 아닌 그 아이의 이름은 챔피언. 외모와 찰떡같이 어울리는 이름을 가진 챔피언은 열세 살이었다. 우리는 반갑고 신기한 마음에 챔피언의 반려인과 한참 동안 이런저런 이야기를 나누었다.

그에게서 풍기는 여유로움이란, 마치 이제 갓 부모가 된 새내기 부부 앞에 아이 다섯쯤 키워 낸 베테랑 부모가 서 있는 느낌이랄까? 챔피언의 반려인은 챔피언과 십삼 년을 함께했을 뿐만 아니라 같은 견종만 벌써 세 번째 키우는 중이었다.

우리가 생각지도 못한 외국에서 한국 사람을 만나면 반가운 것처럼 나리도 같은 견종을 만나면 비슷하지 않을까 싶었다. 하지만 나리는 챔피언을 무서워했고 챔피언은 나리에게 관심이 없었다. 같이 산책은 하지 못하겠군. 그래도 이런 기회를 놓칠 수 없지. 우리는 무림 고수에게 무공을 전수받듯 평소 궁금했던 몇 가지를 물어봤다. 그중에 풀리지 않던 의문을 풀어 줄 실마리가 있었으니……

"나리를 집으로 데려올 때 누가 제일 먼저 품에 안았나요?"

챔피언의 반려인이 진지한 표정으로 물었다.

몰랐다. 개가 견생 처음으로 사람 가족을 만나 듣게 되는 심장 소리와 냄새가 그렇게 중요한 줄……. 그것이 반려견이 좋아하는 순서를 결정할 수도 있다는 것을. 놀랍게도 나리가 우리 가족을 좋아하는 순서는 우리가 나리를 처음 만나 집으로 데려왔을 때 품에 안아 든 순서와 일치했다.

딸내미, 큰아들, 막내, 아빠. 나는 그날 나리를 안아 주지 않았다. 내게도 그때는 나름 그럴 만한 사정이 있었다. 그 이유는 나중에 설명하기로 하자.

그리고 얼마 후 그 고수(우리는 챔피언의 반려인을 고수로 부르기 시작했다.)가 알려 준 '개는 집으로 데려왔을 때 처음 안아 준 사람을 가장 따르게 된다는 가설'을 보여 주는 강아지를 만나게 되었다.

더위가 시작되던 초여름 주말이었다. 막내와 함께 나리를 데리고 산책을 하다가 더위도 식힐 겸 아이스크림 가게에 들어갔다. 그런데 하필 우리가 자리 잡은 앞쪽에 다른 반려견 가족이 있었다. 간혹 개들끼리 서로 으르렁거리거나 한쪽에서 겁을 먹고 짖을 때가 있어서 되도록 반려인들은 서로 거리를 두고 앉는다. 다행히 우리 나리나 그 집 반려견이나 서로에게는 별로 관심이 없고, 테이블 위에 아이스크림에만 눈길을 주고 있었다.

독일에는 빙수가 없다. 대신 여러 가지 아이스크림 위에 다양한 과일을 얹어 먹는다. 그리고 양이 정말 많다. 막내가 좋아하는 과일을 잔뜩 얹은 아이스크림과 내가 좋아하는 아이스크림이 퐁당 빠진 커피를 시켜 놓고, 나리에게는 간식을 주고 앉아 더위를 식혔다. 그런데 그동안 조용하던 앞 테이블 강아지가 낑낑거리는 것이 아닌가. 그 소리에 놀라 쳐다보는 우리와 눈이 마주친 아주머니는 멋쩍게 웃으며 말했다.

"친구가 잠시 화장실 가서 이래요."

"아, 그렇군요."

생각해 보니 아까 그 테이블에는 두 명의 여성이 강아지와 함께였던 것 같다. 아마도 강아지가 엄마를 애타게 찾는가 보다 싶었다.

이제는 바들바들 떨며 안쓰럽게 낑낑거리는 강아지에게 아주머니는 "그래 알았어, 그만해. 이제 카트린 올 때 됐어."라며 화장실 쪽만 바라보는 강아지를 달랬다. 그런데 아주머니가 우리에게 뜻밖의 소리를 했다.

"그런데 이 아이의 견주는 나예요."

음? 그렇다면 엄마 친구가 화장실에 갔다고 저렇게 낑낑거리며 울고 있다는 이야기인가? 엄마가 옆에 있는데도?

아주머니는 차분한 목소리로 설명을 이어 갔다.

"우리 코코를 처음 집에 데려온 날, 나는 운전을 해야 해서 함께 갔던 친구가 세 시간 내내 코코를 품에 안고 왔어요. 그래서인지 함께 있다가 친구가 안 보이면 코코가 이러네요. 그래서 남들은 친구가 견주인 줄 알아요."

겸연쩍게 웃는 아주머니의 모습이 남의 일 같지 않았다. 강아지를 데려오는 첫날의 스킨십이 이렇게 중요한 줄 알았다면, 내가 제일 먼저 나리를 품에 안는 건데……. 뭐, 그 순간이 다시 찾아온다 해도 내게는 선택의 여지가 없었을 테지만 말이다.

🐾🐾 큰 개 트라우마가 있던 내가 개 집사가 되었다

내게는 큰 개 트라우마가 있었다. 그것도 아주 오래전부터.

아마도 초등학교 1학년 때였지 싶다. 친구네 집에서 놀기로 해서 집 앞에서 초인종을 누르고 기다리고 있었다. 철커덩, 소리를 내며 대문이 열리자 생각지도 못한 풍경이 펼쳐졌다. 덩치가 어마어마하게 큰 개가 한 마리도 아니고 여럿이 나를 향해 달려든 것이다. 날카롭고 커다란 이빨을 드러내며 미친 듯이 짖던 개들의 모습이 엄청난 공포로 다가왔다. 친구 아버지가 뛰쳐나와서 개들을 진정시키지 않았다면 어떻게 되었을까. 상상만 해도 소름이 돋는다.

그 당시 한국에서 그렇게 큰 개들을 도시에 있는 가정집에서 만나는 건 드문 일이었다. 개는 집 지킴이로 마당에 묶어 두고, 먹이도 사료가 아닌 사람이 먹다 남은 밥을 먹이던 시절이었다. 동네에서 만났던 개들이라고 해 봐야 몸집이 작은 소형견이 대부분이었다. 그렇다 보니 묶여 있지도 않은 커다란 개들이 달려드는 모습은 내게 충격 그 자체였다.

시간이 흘러, 친구 집에서 만났던 그 개들이 외국 액션 영화에 종종 등장하는 셰퍼드였음을 알게 되었다. 머리가 영리하고 훈련이 잘되는 개들이라 그때 큰일이 일어나지는 않았을 거라는 생각도 들었다. 그럼에도 두려웠던 그 기억은 쉽사리 지워지지 않고 선명하게 트라우마로 남았다.

그 후에 우리 집에서도 개를 키웠다. 아버지 친구가 어디서 데려왔는데 더는 못 키우겠다고 해서 마음 약한 아버지가 덥석 안고 온 몽실이와, 동물에 대한 정이 유독 많은 엄마가 동네 이웃집에서 새끼를 너무 많이 낳아 누구라도 데려가지 않으면 곤란하다고 해서 데려온 방울이. 그러나 몽실이와 방울이는 소형견이었고, 부모님이 돌보셨기 때문에 어린 내가 직접 할 일은 별로 없었다. 어쩌다 엄마 심부름으로 개 밥그릇에 먹다 남은 밥을 퍼 넣어 주는 정도? 그래서 내게 큰 개는 여전히 무섭고, 집 지키는 용도(?)나 '멋지게 생겼네.' 하고 감상하는 관상용 정도의 의미였다.

그러던 내가 어느 날부터 반려견의 천국이라 불리는 독일에서 살게 되었다. 래브라도리트리버, 골든리트리버, 저먼 셰퍼드, 도베르만, 보더 콜리, 불도그……. 뭐, 요 정도 크기의 개들은 하루에도 수두룩하게 만나는 그런 곳에서 말이다. 사회 전반적으로 동물과 더불어 사는 것이 너무나 자연스럽고, 송아지만 한 대형견들도 자주 마주치는 곳에서 여전히 큰 개를 무서워하면서.

대형 반려견을 동반한 수많은 독일 반려인에게 '할로(Hallo)' 인사만큼이나 자주 듣던 말이 있다.

"우리 개는 착해요. 아무 짓도 하지 않아요."

나도 안다. 아무 짓도 하지 않을 것이라는 걸. 하지만 멀리서 큰 개가 마주 오고 있는 것만 보여도 몸이 얼어붙는 건 본능이다. 침착하려 애쓰지만 다 티가 나는지, 대부분의 반려인은 한쪽으로 비켜서 주거나 길을 돌아가기도 했다. 물론 개중에는 '이렇게 착하게 생긴 아이에게 왜 저래? 자기가 더 무섭게 생겼구먼.' 하는 아니꼬운 눈빛으로 지나가는 반려인도 있었다. 어쨌든 큰 개를 보면 언제나 멀찍이 거리를 두어야 안심이 되었고, 괜스레 발끝에 힘이 들어가고는 했다. 그 애가 내게 아무 관심을 보이지 않아도 말이다.

그러던 내가 나리를 만나고 달라지기 시작했다. 처음 만났을 때 나리는 십육 주 된 강아지였다. 그런데 상상과는 다르게 몸집이 컸다. 그것도 아주 많이.

개에 대한 사전지식이 없던 나는 아키타견의 몸 크기를 몰랐다. 막연히 푸들 정도겠지 생각하고 있었는데, 래브라도리트리버만 한 나리를 봤으니 놀랄 수밖에. 강아지인 지금도 이렇게 큰데 앞으로 얼마나 더 커질 것인가? 나는 그만 멘붕에 빠지고 말았다. 그 시각 남편은 생각보다 훨씬 큰 강아지가 앞으로 얼마나 많이 먹고 그만큼 쌀 것인가 하는 실질적인 고민에 빠져 있었다.

그렇게 우리 부부는 나리를 안아 들고 좋아서 어쩔 줄 몰라 하는 아이들과는 달리 각각 다른 생각의 늪에서 허우적댔다. 남편은 생각에 빠져 있느라 고속도로 휴게실에서야 나리를 제대로 안아 주었고, 나는 그날 끝내 나리를 안아 주지 못했다.

그런데 순진한 눈망울로 촐싹대며 온 집 안을 휘젓고 다니는 나리로 인해 어느새 나의 해묵은 트라우마는 색이 바래고 있었다. 그렇게 나리는 가랑비에 옷 젖듯 매일 조금씩 내 트라우마를 적시고 안으로 들어왔다.

나리는 부엌과 거실 가리지 않고 천방지축 뛰어다녔고, 흙 묻은 네발로 식탁을 기웃거리며 행주, 바구니 등 주방 도구를 정원으로 물고 가 뜯어 놓는 저지레를 일삼았다. 그러니 "나리 안 돼!"를 노래처럼 부를 수밖에. 게다가 나리의 부엌 진입을 막기 위해 바리케이드처럼 쳐 놓은 나무 책꽂이 사이를 마치 군사 훈련하듯 낮은 포복 자세로 기어들어 와 기함하게 하기도 했다.

그렇게 지지고 볶으며 나리와 하루하루 시간을 보냈다. 그 시간을 통해 나의 큰 개 공포증은 어느덧 오래된 수채화처럼 옅어지게 되었다. 물론, 사납게 이빨을 드러내며 당장이라도 반려인이 잡고 있는 리드 줄을 끊고 덤빌 듯 으르렁대는 덩치가 산만 한 불도그를 만나면 긴장하기는 한다. 그러나 예전처럼 '저 줄을 반려인이 놓치거나 줄이 끊어지면 어쩌지.' 같은 아직 일어나지도 않은 일을 미리 걱정하며 오금 저리지는 않는다. 최대한 그 아이를 자극하지 않고 그 자리를 유유히 지나쳐 갈 뿐이다. 나리와 함께.

또한 다른 집 대형 반려견이 가까이 다가오거나 혹은 코를 내게 바짝 들이대고 여기저기 킁킁거려도 무서워서 벌벌 떨지 않는다. 지금은 '요 아이가 내 왼쪽 주머니에 있는 간식 냄새를 맡았군.' 하는 나름의 분석까지 가능하다. 거기다 예전의 나처럼 나리의 몸 크기를 보고 흠칫하는 사람들을 만나면, 기꺼이 길을 양보하며 말한다.

"우리 나리 착해요, 아무 짓도 하지 않을 거예요."

이 모든 변화가 나리 덕분이다. 아직도 나는 우리 집에서 나리가 좋아하는 순서로 제일 꼴찌를 찍고 있고, 이 녀석의 꼬리는 내게만 짜게 흔들린다. 어쩌면 앞으로도 나는 나리에게 만년 꼴등일지도 모른다. 그래도 오늘 내게 두 눈을 반짝이며 다가와 내 무릎 위로 턱을 괴고는 "나도 좀 주세요. 먹고 있는 거, 그거."라고 말하는 것 같은 나리가 너무나 예쁘다.

"기다려 나리, 엄마부터 먹고. 네 것도 조금 남겨 줄게."

나리에게 말하며 내가 먹고 있던 빵에서 버터, 잼 등 아무것도 묻지 않은 귀퉁이를 조그맣게 자른다. 그러고는 빵을 뚫어

져라 보고 있는 나리에게 속삭인다. 짝사랑을 몰래 고백하듯
작은 목소리로.

"나리야, 엄마는 나리 너여서, 너라서 좋아."

내일 또 내게만 인색한 너에게 삐질지라도.

여섯 살인 우리 나리는 음식 취향이 딱 우리 집 막내와 똑같다. 막내가 과자 먹는 모습을 침 뚝뚝 흘리며 하염없이 바라볼 때면 안쓰럽기 그지없다. 그중에서도 와플을 대하는 자세는 각별하다. 어느 날 산책하다 풀숲에 떨어진 와플 조각을 득템한 이후 와플의 맛을 알아 버렸기 때문이다.

코로나19로 인한 팬데믹 이후, 활동량이 줄어들어 살이 찌는 바람에 간식을 자주 만들지 않았다. 막내가 너무 먹고 싶어 할 때만 어쩌다 한 번씩 와플이나 케이크를 굽곤 했다. 그럴 때면, 와플 반죽을 와플기에 넣기가 무섭게 집 안 어디선가 놀고 있던 나리가 바람같이 뛰어와서는 발라당 애교 삼 종 세트를 시전한다.

하지만 아무리 애교를 부려도 먹히지 않으면, 나리는 태세를 전환하여 내 무릎에 턱을 괸다. 그리고 눈빛으로 말을 건다.

"나도 와플 먹을 줄 알아요, 나도 와플 좋아해요."

약아빠진 나리는 가족 중 가장 마음이 약해 보이는 나를 타깃으로 삼는다. 이럴 때만 애정 순위를 꼴찌에서 일등으로 승격시켜 주는 것이다. 무릎에 최대한 공손히 턱을 괴고 세상 착하고 예쁜 눈빛을 발사하며, 내가 애정해 마지않는 귀여운 두 귀를 연신 쫑긋거린다.

"그거 진짜 맛나지요? 그렇지요?"

아 진짜, 그 표정을 보고 있으면 먹던 와플도 주고 싶어진다. 나도 주고 싶다. 정말로. 하지만 어쩌겠는가, 줄 수 없는 것을. 와플에는 밀가루뿐만 아니라 베이킹파우더, 달걀, 설탕과 버터, 우유가 들어간다. 거기다 나의 필살기 레시피에는 땅콩, 아몬드 같은 우리 집 아이들이 좋아하는 견과류 가루도 들어간다. 그래서 나리에게 줄 수가 없다.

사람이 먹는 것 중에 개에게는 줄 수 없는 음식이 꽤 많다. 독일에서는 개의 신장이나 췌장 등 신체 기관에 치명적이고,

적은 양으로도 섭취했을 때 우울증이나 호흡 곤란 등 탈수 증세나 여러 가지 발작 증상을 보일 수 있는 위험한 식재료를 열 가지로 나눈다.

1. 양파, 파, 마늘 등의 향신료
2. 껌에 들어 있는 가당류
3. 초콜릿
4. 아몬드, 호두, 마카다미아 등의 견과류
5. 커피, 홍차 등 카페인 음료
6. 생돼지고기
7. 생감자, 생토마토
8. 복숭아, 살구, 자두 등 씨가 있는 과일
9. 포도와 건포도
10. 아보카도

그래서 난 나리에게 와플을 줄 수 없다. 허벅지를 찌르는 심정으로 꾹 참고 와플을 주지 않으면, 나리는 삐져서 자기 침대로 가 버린다. 드러누워서 산책하자고 해도 들은 척도 안 한다.

그러면서 눈으로 욕을 한다.

"아 진짜, 그까짓 거 조금 줄 수 있는 거 아니갸?"

음성 지원되는 것 같은 표정을 보며 나는 이렇게 속삭인다.

"그래 네 맘 알아. 나도 너에게 와플을 줄 수 있다면 얼마나 좋겠니?"

사촌이 땅을 사면 배가 아프고, 이웃사촌이 조깅을 하면 나도 뛰고 싶어진다. 나리와 산책을 하다 보면 반려견과 함께 조깅하는 사람들의 그림 같은 모습을 종종 보게 된다. 혼자 뛰기도 힘든데 강아지와 함께 뛰려면 둘의 호흡도 중요하고 무엇보다 서로 교감이 잘 이루어져야 한다.

부럽다. 그렇게 멋들어진 모습을 볼 때마다 넋을 놓고 쳐다보게 된다. 호기심 많고 은근히 고집 있는 우리 나리와도 저렇게 합을 맞춰 가며 뛰는 게 가능할까? 에이, 이렇게 하루 서너 번 산책 다니는 게 어디야? 잘 걷는 게 운동이지. 이 나이에 잘 못 뛰면 무릎 나가. 잠시 부러움에 펼쳐 본 상상의 나래는 실

현되지 못하고 사라지곤 했다.

그러던 어느 날, 나리와 산책을 하는데 길 건너편에서 어디서 많이 본 것 같은 개와 폼나게 뛰고 있는 섹시한 여인네가 눈에 들어왔다.

저 자태, 어디서 봤더라. 아주 익숙한데……. 목을 쭉 빼고 자세히 보니, 쟈닌이다. 우리 막내의 단짝 친구 헨리의 엄마. 우리 집과 골목 두 개를 사이에 두고 사는 쟈닌은 아이가 넷이지만, 운동을 좋아해서 날씬한 몸매를 유지하고 있다.

그래서 그녀가 조깅하는 모습은 낯설지 않다. 내 눈길을 잡아 끈 건 쟈닌과 바람직한 자세로 뛰고 있는 반려견 호프였다. 분명 얼마 전까지만 해도 우리 나리처럼 나는 내 길을 가련다 스타일이었는데, 저렇게 개과천선(?)하다니…….

호프가 가능하다면 우리 나리도 할 수 있지 않을까?

질투심이 가득 담긴 눈으로 시야에서 보이지 않을 때까지 그들을 쳐다보았다. 그리고 집으로 돌아와 '반려견과 조깅하기'를 폭풍 검색했다. 그렇게 알게 된 알아 두면 좋은 여덟 가지 질문과 답변을 소개한다. 독일 내에 해당하는 정보라는 점은 유념해 주시길.

1. 반려견이 함께 조깅할 나이가 되었는가?

독일에서는 생후 십이 개월은 넘어야 반려견이 조깅을 할 수 있다고 여긴다. 너무 어린 강아지가 조깅할 경우 인대가 늘어나거나 뼈 근육이 다칠 수 있기 때문이다. 나리는 여섯 살이 훌쩍 넘었으니 가능!

2. 모든 견종이 조깅이 가능한가?

독일에서는 성견이 된 모든 개가 조깅할 수 있다고 본다. 퍼그나 프렌치 불도그 또는 불도그는 다리가 짧고 호흡기 구조상 조깅이 힘들 수 있지만 이 역시 개마다 다르다. 예전에 알던 부카르트 선생님의 반려견은 퍼그 믹스견이었는데, 다리도 짧고 코도 납작해서 잘 때 사람 코 고는 소리를 내는 아이였다. 그런데 뛸 때는 래브라도리트리버랑 뛰어도 안 밀린다며 자랑스러워했다. 나리는 코가 뾰족해서 호흡도 잘하고 다리도 길다. 조깅하기 딱 좋은 신체 조건이다.

3. 반려견과의 조깅 거리는 어느 정도가 적당한가?

반려견과의 조깅 거리는 반려견의 다리 길이나 체중 등 체격 요건에 따라 다르지만, 평균적으로 훈련된 강아지는 오 킬로미터 정도의 조깅은 가뿐하다고 한다. 내가 오 킬로미터 미니 마라톤을 뛰어 봐서 아는데, 꽤 긴 구간이다. 반려견의 집중력이 필요하다. 호기심 많은 나리가 가능할까?

4. 반려견과의 조깅을 위한 특별 훈련을 받아야 하나?

보통의 반려견은 특별한 훈련 없이 스트레칭으로 뛸 준비를 한 후에 곧장 짧은 구간의 조깅을 할 수 있다. 하지만 내 반려견의 집중력이 조금 부족하다고 생각한다면, 오 분 간격으로 걷다가 뛰기를 반복해서 조금씩 구간을 늘리는 게 좋다. 백 미터, 오백 미터 같은 짧은 구간을 익히고 나면 긴 구간도 가능하다. 딱 우리 나리 얘기다. 나리는 좋게 말해 호기심이 많고, 달리 말해 집중력이 좀 부족하다. 그래, 걷다가 뛰다가 요건 또 내 전문이지.

5. 조깅을 하기 전에 사료를 먹어도 되는가?

안 된다. 이왕이면 공복에 뛰는 게 좋다. 아침이라면 문제가 없겠지만, 낮이나 저녁 시간이라면 최소한 조깅 나가기 두 시간 전에는 아무것도 먹지 않는 게 좋다. 혹시라도 뛰다가 위나 장이 뒤집어지는 문제가 생기는 것을 방지하기 위함이다.

6. 반려견이 조깅하는 중간에 물을 마셔야 하는가?

날씨가 더운 여름이라면 조깅하는 틈틈이 쉬면서 물을 마시는 것이 좋다. 하지만 평상시라면 꼭 그래야 할 필요는 없다. 다만, 폭염에는 틈틈이 물을 마셔도 위험할 수 있으니 조깅을 피하는 게 좋다.

7. 반려견의 몸 관리는 어떻게 해야 하나?

맨발의 청춘인 반려견의 발바닥은 굉장히 예민한 부분이다. 그래서 조깅 전후로 발바닥 틈새 사이사이를 면밀히 살펴야 한다. 언젠가 나리가 발을 절뚝거려서 깜짝 놀라 발바닥 사이를 들여다보니 작은 돌이 박혀 있었다. 강아지들의 말랑말랑한 발바닥은 늘 신경 써야 한다. 또한 반려견은 어린아이와 같아서 지쳤는데도 계속 뛰는 경우가 있으니, 중간중간에 자주 쉬어 주어야 한다. 그래야 건강하고 행복하게 조깅을 즐길 수 있다.

꼭 그렇지는 않다. 이왕이면 탄력이 좋은 운동용 리드 줄을 사용하는 것이 좋지만, 보통의 리드 줄도 상관없다. 허리나 어깨에 벨트를 사용해서 이중으로 리드 줄을 고정하는 것이 중요한데, 함께 뛰는 견주의 손이 자유로워야 어떤 상황에서도 반려견과 안전하게 조깅할 수 있기 때문이다. 원래 초보들이 장비에 집착하는 법. 우리 집에는 그동안 훈련을 위해 마련해 놓은 리드 줄이 길이별로 다양하게 있다. 2미터, 3미터, 5미터, 10미터……. 그중에 조깅하기에 딱 알맞은 줄을 고른다. 이젠 뛰는 일만 남았다.

주말 이른 아침, 운동복에 조깅화를 신고 골라 둔 리드 줄과 벨트까지 완벽하게 장착하고는 호기롭게 나리를 불렀다. 현관 앞 작은 창문으로 바깥 구경을 하던 나리가 슬그머니 다가와 앉았다. 나리에게 어깨끈을 매어 주니 외출을 눈치챈 나리가 평소처럼 목부터 허리를 늘리는 스트레칭을 한다. 나도 따라 스트레칭하며 "나리, 우리도 할 수 있다! 파이팅!" 했더니 영문을 모르는 나리가 "뭐래?" 하는 표정으로 나를 돌아봤다.

바깥 날씨는 조금 쌀쌀했지만 뛰기에 딱 좋았다. 조용한 골목길에 접어들었을 때 나는 나리에게 "나리야, 뛰자!"라고 외치며 뛰었다. 그랬더니 나리가 어리둥절한 표정을 짓더니 따라 뛰었다. 오, 되는데? 좋아 좋아!

정말 좋았다. 아주 잠깐. 나리도 좋았나 보다. 마구 달렸다. 그리고 점점 속도가 붙었다. 어찌나 잘 뛰는지……. 이때까지 뛰고 싶어서 어떻게 이 길을 걸어 다녔나 싶게 나리는 달리고 또 달렸다. 한참을 뛰다가 이대로는 안 되겠다 싶어 내가 멈췄다. 그러자 나리도 멈춰 서며 "어쩐 일로 좀 뛴다 했다!" 하는 표정으로 나를 보았다. 아이고 숨차라. 이게 얼마 만에 해 보는 전력 질주야. 그래, 네가 문제가 아니었어. 나만 잘하면 되는 거였구나.

토할 것처럼 헉헉대는 나를 흘끔 보던 나리는 풀밭 여기저기를 킁킁거리며 냄새를 맡았다. 그렇게 조금 걸어가다가 "나리, 이제 또 뛰어 볼까?" 하고 뛰었더니, 조금 뛰다가 멈춰 선다. 냄새 맡고 싶은 곳을 또 발견했나 보다. 우리는 그렇게 뛰다가 걷다가, 걷다가 뛰기를 반복하며 동네 한 바퀴를 돌았다. 그 짧은 길을 그래도 뛰었다고 장운동이 활발해진 건지 오는 길에 나리는 한 무더기 증거물을 풀밭에 내어놓았다. 그 전리품을 봉투에 담아 들고 돌아오는 길에 콧노래가 절로 나왔다.

내일도 나리와 달릴 것이다. 가끔은 나리가 냄새를 맡느라 멈춰 서고, 또 내가 숨이 차서 멈추고, 그러다 나리가 다른 강아지와 인사를 나누고 싶어 멈춰 서겠지만 우린 그렇게 뛰다가 걷다가 하며 뛸 거다. 쟈닌! 호프! 조금만 기다려! 우리가 간다!

🐾🐾 댕댕이 나리의 스카이라운지

사람마다 유독 좋아하는 자리가 있다. 식구대로 둘러앉는 식탁에서도 가운데 자리, 끝자리, 왼쪽, 오른쪽 저마다 즐겨 앉는 자리가 있다.

나리에게도 유독 좋아하는 자리가 있다. 우리 가족은 그곳을 나리의 스카이라운지라 부른다. 그곳은 다름 아닌 현관 앞 작은 창문과 마주한 자리다. 날씨가 좋아 정원에 앉아 꾸벅꾸벅 졸다가도, 맛있는 냄새가 솔솔 풍겨오는 주방에서 뭐 하나 주지 않을까 예쁘게 앉아 기다리고 있다가도, 어느새 나리는 그 자리에 앉아 있다.

어느 날 나는 나리의 스카이라운지에 쪼그려 앉아 함께 바깥 구경을 했다. 우리 집 현관문은 나무로 되어 있다. 중앙에 작은 창문 다섯 개가 나 있는데, 창문을 통해 우리 집 안이 너무 훤히 들여다보여서 위쪽으로 난 창문에는 대나무 무늬의 창문용 시트지를 붙여 두었다. 그리고 아래쪽 두 개의 창문, 즉 나리의 스카이라운지에는 약간 어두운 색의 시트지를 붙였다. 덕분에 밖에서는 집 안이 잘 보이지 않지만, 안에서는 바깥이 잘 보인다.

자기 옆에 살며시 쪼그려 앉는 나를 나리가 어리둥절한 표정으로 바라봤다.

"나리 하던 거 해. 엄마도 구경 좀 해 보자!"

방바닥 걸레질할 때 포즈로 쪼그려 앉아 나리 옆에서 목을 쭉 빼고 바깥을 내다 보았다. 이 작은 창문을 통해

생각보다 많은 것들이 보였다. 파란 하늘에 뭉게뭉게 피어난 뭉게구름도, 풀밭에 난 이름 모를 야생화도, 산책을 나온 반려견과 반려인 들도 보였다. 자전거 타고 지나가는 사람, 갑자기 쏟아지는 소나기에 유모차를 밀고 뛰어가는 엄마, 비를 피해 뛰어가는 학생, 어느새 빗길에 고인 물웅덩이를 가르며 지나가는 버스……. 네모난 창문 너머로 생생한 풍경이 펼쳐졌다.

나리 옆에 쪼그리고 앉아 다리에 쥐가 날 때까지 넋을 빼고 구경을 하다가 실소가 터졌다. 나 지금 뭐 하니?

살다 보면 마음이 착잡한 날이 있다. 그다지 크게 중요하지도 않고 누군가에게 쏟아놓을 만큼 명확한 것도 아닌데, 마치 생선 가시가 목에 걸려 있는 듯, 먹던 옥수수가 이 사이에 끼어 있는 듯 영 찜찜한 기분이 드는 날. 그런 날이면 나는 나리의 스카이라운지를 찾는다.

나리와 말없이 바깥 구경을 하다 보면 마음이 평온해진다. 슬며시 기대는 따뜻한 체온과 쫑긋거리며 움직이는 동그란 귀, 손끝으로 전해지는 보드라운 크림색 털. 요란스럽게 쏟아지던 소나기가 그치고 반짝하니 해가 나오는 것처럼, 마음속

눅눅하던 습기가 온풍에 말라 어느새 뽀송뽀송해진다. 나리가 유난히 초롱초롱한 눈으로 이렇게 이야기하는 것 같다.

"엄마, 힘내개. 내일은 반짝이는 일상이 다시 시작될 거개."

나리와 함께하고 달라진 다섯 가지

1. 하루하루 다른 일상을 발견한다.

나리가 우리에게 온 지도 어언 육 년이 넘었다. 그동안 매일 나리와 서너 번 동네 산책을 다니다 보니 우리 동네를 좀 더 잘 알게 되고, 다양한 일상의 모습을 만나게 되었다. 비슷한 시간에 같은 곳을 지났어도 어제와 오늘이 다르다. 내일은 또 다르겠지. 자전거를 타고 유치원에 가는 엄마와 아이, 야외 수업에 가는 초등학교 한 학급 아이들, 낙엽을 치우느라 분주한 환경미화원과 청소 차량 등등. 때로는 분주하고 시끄럽고 또는 한산하다. 나리 역시 때로는 잘 따라오고 또는 드러누워 버틴다. 나리와 함께하고부터 하루하루가 새로워졌다.

2. 알람 시계가 필요 없다.

매일 아침 여섯 시가 되면 저절로 눈이 떠진다. 나리는 일어났을까? 밥 줄 시간인데, 혹시 화장실에 가고 싶진 않을까? 알람이 울리기도 전에 이미 세수를 하고 옷을 갈아입고 나리에게 향한다. 일어나야 할 시간의 삼십 분 전부터 오 분 간격으로 맞춰 둔 알람을 연타로 눌러 끄며 버티던 침대 안에서의 꼼지락거림이 없어졌다. 주말 늦잠도 없어졌다. 하지만 나리가 없었다면 늦은 밤 달빛 아래에서 나란히 걷는 일도, 가로수 아래 밤마실 나온 고슴도치를 반기는 일도, 비 온 뒤 차분해진 길 위를 찰박찰박 소리 나게 걸으며 동네 한 바퀴를 도는 일도 없었겠지. 상상만으로도 즐거워지는 그런 일들이 말이다.

3. 새로운 장소, 새로운 만남

나리가 우리에게 오기 전까지 동물 병원이라든가 동물용품 상가 등은 우리 가족과는 상관없는 곳이었다. 하지만 지금은 매우 익숙한 장소가 되었다. 일단 동물용품 상점은 반려견과 함께 갈 수 있다. 나리가 좋아하는 이곳은 사료부터 장난감, 냉동 생식, 간식, 리드 줄, 어깨끈, 침대, 진드기약, 생리대 등등

없는 것이 없다. 아, 없는 게 있긴 하다. 독일 반려동물 용품점에는 귀엽고 아기자기한 옷들이 없다. 독일 반려견들은 한국의 반려견들처럼 예쁜 옷을 입고 다니는 경우가 별로 없다. 산책하다가 만나는 반려견 대부분이 어깨끈과 줄을 빼면 맨몸이다. 날씨가 추울 때 단모인 견종들이 방한용 어깨끈을 하는 것은 봤지만, 한국에서처럼 귀여운 옷을 입고 다니는 아이들은 거의 보지 못했다. 그래서인지 대형 반려동물 용품점에도 깜찍한 반려견 옷은 찾아볼 수가 없다. 대신 장난감은 무척 다양하다. 간식 종류도 어마어마하다. 나리 덕분에 반려동물 용품의 신세계를 알게 되었다.

4. 환경과 다른 동물들에 대한 관심도가 달라졌다.

나리와 산책하다 보면 길바닥 여기저기에 버린 쓰레기들을 보게 된다. 휴지, 종이, 사탕, 초콜릿, 과자, 담뱃갑, 음료수 페트병, 맥주 깡통, 요구르트 통 등등이 낙엽과 풀밭 사이사이에 있다. 혹시라도 나리 입으로 들어갈까 눈에 불을 켜고 주변을 둘러보다 보면 의문이 든다. 쓰레기통이 멀리 있는 것도 아닌데, 도대체 왜 썩지도 않는 플라스틱 쓰레기를 함부로 버릴까?

매일 쓰레기를 마주하다 보니 환경 오염의 심각성을 피부로 느끼게 되었다.

또 예전에는 그냥 지나쳤던 마트 안 게시판이나 가로수에 붙은 반려동물을 찾는 전단을 보기 시작했다. 어쩌다 잃어버렸는지, 어디에서 잃어버렸는지 등을 자세히 읽어 본다. 혹시라도 반려동물을 찾는 데 도움이 될 수 있을까 해서, 그 가족들의 안타까운 마음이 느껴져서다. 나리 덕분에 환경과 다른 동물에 대한 관심이 높아지면서 좀 더 세상을 넓게 보고, 주변을 깊이 품을 수 있게 된 것 같다.

5. 이웃의 범위가 넓어졌다.

우리 나리는 이 동네에서 자주 보지 못하는 견종이라 한 번만 봐도 나리를 기억하는 사람이 많다. 특히나 병원 구급차가 지나가면 마치 늑대처럼 울어서 길 가던 사람들이 돌아보며 웃곤 한다.

한번은 산책 중에 어느 아주머니를 만났다. 우리 집에서 한참 윗동네에 사는 아주머니는 "혹시 네가 가끔 어우, 어우~ 하고 우니?"라며 물었다. 어떻게 알았느냐고 물었더니 자기가 이

동네 산 지 십수 년이 넘었는데, 어느 날 저녁 어디선가 "어우, 어우" 하며 마치 늑대가 울부짖는 듯한 소리가 나더란다. 그래서 참 이상하다고 생각했는데 그 이후 동네를 지나가다가 산책 나온 우리를 만났다고 한다. 근데 우리 나리가 여우와 늑대를 섞어 놓은 듯 생겨서 혹시나 하고 물어보았다는 거다. "맞습니다. 우리 나리가 그랬어요!" 나는 나리와 함께 공손히 인사를 드렸다.

나리와 함께 살기 전에는 우리 집 주변에 살거나 서로 번지수와 이름을 아는 사람들까지만 이웃이었다면, 요즘에는 이웃의 범위가 넓어졌다. 이게 다 나리 덕분이다. 가끔 모르는 사람이 길에서 "아유, 그동안 또 많이 컸네."라고 인사를 건네면, 누군지 기억나지 않더라도 "그렇죠? 그간 많이 자랐죠?"라며 인사를 나눈다.

이 밖에도 알게 모르게 크고 작은 많은 것들이 나리가 우리에게 오기 전과 확연히 달라졌다. 가끔은 이런 생각을 한다. 만약 다른 강아지를 입양했더라도 우리의 삶이 이렇게 달라졌을까? 글을 쓰고 있는 지금도 옆에 철퍼덕 주저앉아 몸을 동그랗

게 말고 턱을 괴고는 예쁜 두 눈을 반짝이며 "엄마 그거 언제 끝나남? 간식 좀 주고 하시개." 하며 눈으로 말하는 나리를 보며 조용히 말했다.

"아니, 너이기 때문일 거야."

2장

독일에서 크는
개, 나리

🐾 동물 병원에 응급으로 달려갔다

아주 평범한 평일 오후였다. 좀 전까지 옆에 있던 나리가 보이지 않길래 나리를 불렀다. 보통 이렇게 부르면 크림색 귀를 쫑긋거리고 꼬리를 살랑이며 부리나케 뛰어오는데, 이날은 묵묵부답이었다.

나리를 찾아 집 안 구석구석을 뒤졌다. 거실 끝 쪽에서 뭉그적거리는 나리가 보였다. 그런데 몸놀림이 좀 이상했다. 순간 싸한 느낌이 들었다. '뭐지? 무슨 일이지?'라는 생각을 끝내기도 전에 나리가 옆으로 쓰러지며 온몸을 떨었다.

너무 놀라 악, 소리가 나오려는 것을 간신히 참으며 나리에게 달려갔다. 경련을 일으키고 있는 나리 주위에 위험한 것이 없도록 주변을 치우며 남편과 막내를 불렀다. 내 다급한 목소리에 막내와 남편이 달려 나왔을 때는 나리의 발작이 지나간 후였다. 애처로이 몸을 떠는 나리의 까만 눈동자가 힘없이 풀려 가고 있었다.

그렇게 몇 시간 같던 몇 분이 지나자 나리는 점차 기운을 차렸고, 다시 똥꼬발랄한 개나리로 돌아왔다. 마치 아무 일도 없었던 것처럼. 그 장면을 목격하지 못한 남편과 막내는 괜찮을 것이라며 나를 다독였지만, 그 모습을 지켜본 나는 벌렁거리는 가슴을 주체할 길이 없었다. 덜덜덜 떨리는 손으로 동물 병원에 전화를 걸었다. 내가 본 모습을 되도록 상세하고 차분히 설명하려 애썼다. 내 설명을 듣고 난 동물 병원에서는 혹시 그 상황을 휴대 전화로 찍어 놓았느냐고 물었다. 그리고 경련이 몇 분 간격으로 반복되었는지도 물었다.

독한 것들. 멀쩡히 잘 놀던 개가 갑자기 쓰러져 온몸을 바들바들 떨어 대는데, 그 상황을 휴대 전화로 찍을 정신이 어디 있었겠는가? 그것도 몇 번째 경련인가 세면서 말이다. 당시에는 치를 떨었지만 시간이 지나고 보니 동물 병원에서 왜 그런 질문들을 했는지 이해하게 되었다.

혹시나 하는 마음에 나리를 데리고 동물 병원 응급실로 향했다. 아까의 경련은 그저 나 혼자만의 꿈이었던가. 동물 병원의 간호사들에게 프로펠러를 돌리듯 꼬리를 흔들어 대는 나리를 보니 헛웃음이 나왔다. 이거 응급으로 오기에는 너무 말짱한 상태가 아닌가? 다급하게 전화한 것 치고 민망하기 이를 데 없었다.

얼마 후 긴 파마머리의 키가 크고 씩씩하게 생긴 수의사에게 내가 목격한 장면을 상세히 설명했다. 나리를 몇 군데 만져 보고 들여다보던 수의사는 우선 피 검사와 초음파 검사를 해 보자고 했다. 나중에 필요하다면 CT, MRI를 찍어야 할 수도 있다는 무서운 이야기와 함께.

동물 환자용 철제 침대에서 피 검사를 할 때도, 옆으로 누워 초음파 검사를 할 때도 나리는 쫄지 않고 의젓하고 조용했다. 간호사들은 연신 너무 얌전하고 사랑스럽다며 입이 마르도록 칭찬을 해 주었다.

수의사는 피 검사 결과가 나와 봐야 더 정확하겠지만, 진찰해 본 소견으로는 다행히 뇌전증(간질)이나 신경과적인 것에서 비롯된 경련은 아닌 것 같다고 했다.

"선생님, 그럼 애가 왜 그렇게 떨었을까요?"

내 질문에 수의사는 환한 미소를 지으며 아까 진료실에 들어올 때도 여기저기 냄새를 맡으면서 바닥에 떨어져 있는 간식에 지대한 관심을 보이는 것으로 봐서는 아무래도 무언가 잘못 주워 먹고 위경련을 일으킨 듯하다고 말했다. 진료실 바닥에 떨어진 간식? 진료실에 들어오기를 거부하는 동물 환자들을 위해 독일의 동물 병원에서는 간식을 바닥에 하나둘 떨어뜨려 가며 편안한 분위기를 만들어 주고는 하는데 그걸 말하는 것 같았다. 안도의 한숨을 쉬는 내게 수의사가 말했다.

"다음에 혹시라도 같은 모습을 보인다면 꼭 촬영하고, 발작이 몇 번 있었는지 적어 두세요."

아무리 설명을 구체적으로 잘한다 해도 그 모습을 영상으로 자세히 보는 것이 훨씬 정확한 진단에 도움이 되기 때문이다. 또한 경련 또는 발작의 숫자를 세는 것은 병을 진단하는 데 있어 중요한 단서가 된다고 한다. 보통 개가 위경련 등으로 단순 경련을 일으킬 경우는 한 번으로 그칠 때가 많으나 뇌전증 같은 신경과 질환을 앓고 있는 경우에는 경련이 여러 차례 반복될 수 있다고 한다.

얼마 후 피 검사 결과가 나왔고 위경련으로 진단이 일단락되었다. 검색해 보니 독일에서는 반려견이 뇌전증을 앓고 있는 경우 상황별로 차분하게 촬영해서 꼼꼼히 병상일지를 만들어 두는 사람이 많았다. 그 영상들을 자세히 들여다보니 나리가 경련하던 모습과는 차이가 있었다.

다음은 없어야겠지만 혹시라도 이렇게 응급한 상황이 생긴다면, 영상으로 기록해야지. 이렇게 또 하나 배웠다. 아이를 키우며 부모도 함께 성장해 가듯이, 반려견과 함께 살아가며 반려인들도 배우고 성장한다.

저 때문에 걱정을 한 바가지 한 것도 모르고 나리는 눈망울을 이리저리 굴리며 다가왔다. 소파에 턱을 떡하니 얹으며 노트북으로 글을 쓰는 나를 말똥말똥 쳐다본다.

"뭐 잊은 거 없남? 간식 줄 때 된 것 같개."

나는 나리의 부드러운 머리를 쓰다듬으며 말했다.

"기다려, 다 쓰고 나서……. 어휴 진짜 식겁했다. 대체 뭘 주워 먹은 거니?"

독일에서 가장 인기 있는 반려견 이름은?

완연한 봄이다. 들쑥날쑥한 독일 날씨는 여전히 오락가락할 때가 많지만 천지에 노란 개나리꽃이 피어나니 봄인 게다. 산책하다 개나리꽃을 만날 때마다 나는 우리 집 천방지축 나리를 급하게 부르며 "나리 이거 봐봐, 네 꽃이네!"라고 호들갑을 떤다. 그럴 때마다 나리는 연신 킁킁거리며 냄새를 맡다 멀뚱히 쳐다보지만, 나는 이 새초롬한 개나리꽃이 반갑다. 처음 사진으로 나리를 봤을 때 개나리꽃이 떠올랐다. 그때가 노란 개나리꽃이 흐드러지게 피어나던 시기였기 때문이다. 그래서 우리 나리에게는 특별한 이름이 생겼다.

하지만 독일에서 나리라는 이름은 흔치 않은가 보다. 나리의

이름을 말하면, '나디'로 착각하는 경우가 대부분이다. 나딘이라는 여자 이름을 나디라는 애칭으로 즐겨 부르기 때문이다. 사람들에게 봄에 피는 노란 꽃 'Forsythien'의 한국 이름이 '개나리꽃'이고, 우리 집 나리가 개나리꽃이 만개하던 날 우리 가족이 되었기 때문에 이름을 개나리로 지었다는 이야기를 들려주면 사람들은 신기해했지만 다시 만났을 때 또 이름을 물어보고는 했다.

그래서 검색을 좀 해 봤다. 나리의 이름을 바꿔 줄까 하는 마음으로. 검색창에 '독일에서 인기 있는 반려견 이름'을 쳐 보았더니 아주 익숙한 이름들이 주르륵 나왔다.

독일 신문인 〈타게스 슈피겔〉에 따르면, 2023년 독일에서 가장 인기 있는 암컷 반려견 이름은 루나, 그다음은 나라, 벨라, 마야 순이다. 수컷 반려견 이름은 발루, 밀로, 챨리 순이다. 독일에서는 반려견에게 사람 이름을 붙이는 경우가 많다. 별, 두부, 가을, 호두, 마루, 망고, 율무 등등 다양한 사물에서 이름을 따오는 한국과는 다른 점이다. 우리 나리도 나라나 벨라로 바꿔 봐? 하지만 삼 초 만에 포기. 입에 붙지 않는다. 나리는 그냥 나리다.

문득 떠오르는 반려견이 있다. 바로 우리 옆집에 사는 지기. 우리 집에서 오른쪽으로 두 집 건너에 사는 노부부의 반려견이다. 노부부는 항상 팔짱을 끼고 지팡이를 짚으며 지기와 함께 동네를 산책하신다. 비슷한 시간에 산책을 하다 보니 자주 만나는 이웃이다. 올해 열다섯 살인 지기의 원래 이름은 지크리트. 줄여서 지기라고 부른다. 들을 때마다 등대지기, 카페지기가 떠오른다.

그런데 지크리트는 그 집 할머니의 이름과 같다. 그러다 보니 식구들이 지크리트라고 부르면 할머니와 반려견이 동시에 돌아보고는 했단다. 그래서 반려견의 이름을 지기로 줄여 부르게 되었다는 말씀!

이어서 우리 막내가 다니는 학교 바로 앞에 사는 막스가 떠올랐다. 코로나19 팬데믹 전까지 막내는 대중교통인 트램을 타고 학교에 다녔다. 하지만 팬데믹 이후 되도록 차를 몰고 막내를 데리러 간다. 길가에 주차를 하면 학교 앞 빌라 중 한 곳에서 커다란 개가 베란다로 나와 선다.

갈색의 긴 털을 가진 아이는 베란다에 서서 오가는 동네 사람들과 지나다니는 자동차를 유심히 쳐다본다. 마치 눈으로 교통 정리를 하듯이. 단속 나온 경찰관처럼 차량을 예의 주시하는 이 늠름한 개의 이름은 막스다.

거실에서 "막스! 이제 그만 참견하고 들어와!" 하고 부르는 소리가 자주 들려서 알게 되었다. 종종 학교 끝나고 나오던 아이 중 몇몇이 이 소리에 주위를 두리번거리곤 한다. 아마 자기 이름도 막스여서겠지. 막스는 독일에서 선호하는 수컷 반려견 이름의 하나이자 남자아이 이름으로도 인기가 있다. 우리 막내의 친구 중에도 있다. 막스.

반려견 막스는 언제나 보초 서듯 베란다에 나와 서서 주변을 살핀다. 그러다가 낯선 사람이 집 앞에 주차를 한다거나 우체부가 우편물을 가져다주는 것을 제일 먼저 알아채고 짖어서 알려 준다. 허리를 펴고 곧게 서 있는 자세가 꼭 털옷 입은 사람 같아 보인다. 금방이라도 "어이! 거기 차 빼세요!"라고 말할 것만 같다.

그리고 빼놓을 수 없는 이름 발루들. 얘네는 똑같은 견종에 이름도 같다. 그래서 나는 '쌍쌍바 발루'라고 부른다. 쌍쌍바 발루는 둘 다 갈색의 골든리트리버로, 안경을 쓴 비슷한 모습의 아주머니들이 데리고 다닌다.

반려견과 산책을 하다 보면 만나는 사람보다 그 사람의 반려견이 더 기억에 남게 마련이다. 그래서 다른 장소에서 반려견 없이 만나면 서로를 못 알아보기도 한다. 반려견이야 거의 비슷한 모습을 하고 있지만 사람은 옷이나 머리가 바뀌기도 하지 않은가. 더구나 쌍쌍바 발루는 반려견들도 반려인들도 매우 흡사하다 보니 헷갈린 적이 한두 번이 아니다. 어제 만난 발루가 그 발루인 줄 알고, "어제 발루랑 신나게 놀아서 나리가 너무 행복해했어요!"라고 했더니, "어? 어제 우리 발루는 나리를 못 만났는데."라는 답이 돌아오기 일쑤다.

그렇게 몇 번이나 실수를 거듭한 끝에 쌍쌍바 발루를 구분할 수 있게 되었다. 쌍둥이처럼 닮은 외모에도 불구하고, 쌍쌍바 발루는 나이가 다르다. 그래서 걸음이 조금 다르다. 두 블록 위쪽에 사는 발루는 열 살이라 걸음 속도가 한 블록 아래 사는 여섯 살 발루보다 조금 느리다. 그리고 언제부터인가 여섯 살 발루가 파란색 스카프를 매고 다니기 시작했다. 덕분에 이제는 어느 집 발루인지 금세 알 수 있다.

발루는 소설 《정글북》에서 주인공의 친구로 등장하는 곰의 이름이다. 그래서 주로 푸근하고 뭉실뭉실하게 생긴 대형견들의 이름으로 많이 사용된다. 발루들과 나리는 친구다. 비록 만나면 각자 딴짓하기에 바쁘지만 언제나 서로 반가워한다. 그 중에서도 여섯 살 발루는 가끔 나리와 신나게 놀아 준다.

어느 날, 반려인이 발루가 파란 스카프를 하게 된 사연을 얘기해 주었다. 언젠가 산책을 하다가 쉬 하라고 리드 줄을 잠깐 풀어 주었는데, 갑자기 발루가 쏜살같이 어디론가 달려가 사라져 버렸다. 한마디로 집을 나간 거다. 망연자실한 반려인은 발루가 뛰어갔던 곳을 중심으로 이 골목 저 골목을 뒤져 보았지만 어디에서도 발루를 찾을 수 없었다. 다음날 발루의 사진이 크게 들어간 포스터를 만들어 온 동네에 붙이고 다녔고, 이틀 후 마트에 붙인 포스터를 본 어떤 사람이 다른 동네에서 어슬렁거리며 돌아다니던 꼬질꼬질한 발루를 발견하고 알려 줘서 찾게 되었다고 한다. 그때 이후로는 산책할 때 절대 리드 줄을 풀지 않고, 파란색 스카프를 꼭 목에 둘러 준다고 했다. 다른 골든리트리버와 절대 헷갈릴 일이 없게 말이다. 발루가 사라진 이틀간 반려인은 얼마나 끔찍한 시간을 보냈을까. 상상이 가지 않는다.

문득 나리는 지금 뭐 하고 있을지 궁금해졌다. 글을 쓰느라 한참을 혼자 내버려 뒀는데 심심했겠군. "나리!" 하고 불렀더니, 혹시라도 뭘 줄까 싶어서 현관문 앞에서 바람같이 뛰어온다. 털갈이 중이라 하얗고 뭉실뭉실한 털을 뭉텅이로 마구 뿜어 대며 말이다. 이렇게 주기적으로 대대적인 털갈이를 할 줄 알았다면, 나리의 이름을 솜사탕이라 지어 줄걸 그랬나?

🐾 나리의 남친을 소개합니다

　우리 동네 킹카 반려견이자 나리의 단짝 친구 백스터를 소개한다. 요 까맣고 귀여운 아이로 말할 것 같으면, 올해 일곱 살에 견종은 저먼 셰퍼드다. 영리하고 민첩하며 무엇보다도 나리와 코드가 아주 잘 맞는다. 백스터는 나리와 어떻게 놀아줘야 하는지를 너무나 잘 안다. 하지만 오해는 마시라. 나리에게 백스터는 남개친, 그러니까 사람으로 치면 남자 사람 친구 정도다.

　백스터네 반려인과 우리 가족의 출퇴근 시간이 다르다 보니 평일에는 산책하며 만나기가 쉽지 않다. 그래서 백스터와는 주말에 주로 보게 된다. 멀리서 큰 키의 뾰족한 귀를 가진 백

스터가 늠름하게 걸어오는 것이 보이면, 신이 난 나리의 꼬리는 헬리콥터의 프로펠러처럼 가열차게 돌아간다. 저러다 하늘을 날지…….

그도 그럴 것이, 우리 동네에 반려견은 많지만 나리와 함께 놀 친구를 만나기는 힘들다. 풍요 속에 빈곤이라고나 할까? 더군다나 독일에는 반려견들끼리 만나 뛰어놀 수 있는 반려견 카페나 운동장 같은 공간이 따로 없다. 그럼 반려견들은 어디에서 만나서 놀아야 할까?

독일에는 곳곳에 숲과 공원이 많다. 그중에서도 훈데비제(Hundewiese)라는 숲은 반려견이 리드 줄 없이 뛰어다니는 것이 허락된 공간으로, 반려견들은 주로 이곳에서 만나서 놀곤 한다.

장소 외에도 반려견들이 친구가 되어 어울려 놀려면 몇 가지 조건이 맞아야 한다.

우선 첫 번째 조건은 반려견의 나이다. 개들도 나이에 따라 세대 차이가 나기 때문이다. 예를 들어 우리 집 길 건너편에는 열다섯 살 노견 두기가 산다. 검은색 래브라도리트리버 믹스견인 두기는 현관문 앞에 있는 신문을 물어다가 할아버지 방에 가져다드리는 것으로 하루를 시작한다. 할아버지와 두기가 동네 산책을 하며 다른 집 앞을 지날 때면 그 집에 있는 반려견들이 짖어 댄다. 마치 두기를 반기기라도 하는 것처럼 낮은 소리로 천천히. 그러면 두기는 인사에 응답하듯 그 앞에 잠시 머물러 있다가 걸음을 옮긴다. 할아버지와 두기는 그렇게 가정 방문하듯 차례로 집 앞을 지나가며 산책을 한다.

그 모습이 신기해서 어느 날 할아버지께 물어봤다. 두기와 다른 집 개들이 서로 아는 사이냐고. 그랬더니 할아버지가 이렇게 이야기하셨다.

"그럼요, 이렇게 아침마다 늘 같은 시간에 두기가 지나가면 밤새 무슨 일이 있었는지 자기들끼리 서로 이야기를 나누지요. 아침 의식 같은 거예요. 허허허."

이처럼 동네 반장 같은 어르신 두기와 한창 뛰어놀고 싶어 안달인 나리는 자주 만나도 함께 놀 수가 없다. 보통 개의 한 살을 사람의 칠 년과 비교하는데, 여섯 살인 나리는 사람으로 치면 한창인 사십 대 꽃중년이고, 열다섯 살의 두기는 백 세가 넘은 장수만세 어르신이기 때문이다. 그래서 나리가 두기를 보며 반가워서 촐싹거려도 두기는 귀찮은 듯 옆으로 슬며시 비켜 버릴 때가 대부분이다.

하지만 나이가 비슷해도 놀 수 없는 경우가 있으니……. 그건 바로, 성별이 같을 때다. 모든 경우가 그런 건 아니지만, 반려견들의 성별이 같으면 서로 맞지 않는 경우가 많다. 예를 들어 암컷끼리는 서로 경계하다가 관심이 없어질 때가 많고, 수컷끼리는 이유 없이 한판 뜰 기세로 으르렁거릴 때가 많다. 그래서 종종 산책을 하다가 다른 반려견을 마주치면, 성별을 확인한 다음에 다가가곤 한다.

이야기하다 보니 탈리아가 떠오른다. 우리 동네 깡패견. 탈리아는 우리 집에서 골목 두 개를 지나는 곳에 사는 셰퍼드와 허스키의 믹스견으로 여덟 살이다. 흑색과 회색이 절묘하게 어우러진 털에 푸른 눈빛이 몹시도 매력적이지만, 성격이 보통 지랄이 아니다. 나리를 만나면 곗돈 떼어먹고 도망간 사람 만난 것처럼 난리를 치며 짖어 대고 달려든다. 대체 왜 그러는 건지……. 그래서 산책하다 멀리 탈리아가 보이면 우리는 재빨리 산책 경로를 바꾼다.

하지만 나이가 비슷하고, 놀고 싶어 하는 모습도 닮았고, 성별이 달라도 체급이 다르면 또 놀기가 어렵다. 우리 바로 옆집에 다섯 살짜리 푸들이 산다. 하얀색 털에 생김새도 앙증맞은 그 아이는 짖는 것마저 인형 같은 남자아이다. 보는 것만으로도 사랑스러움이 뚝뚝 흐른다. 그런데 나리만 보면 오두방정을 떨어 대며 짖는다. 우리 나리는 단 한 번도 그 아이를 향해 짖지 않았고, 위협적으로 쳐다본 적도 없건만 자기보다 몇 배나 덩치가 큰 나리가 무서운지 바들바들 떨며 짖어 대는 통에 나이만 간신히 물어보고 말아서 아직 이름도 모른다. 우리 가족끼리는 '한 주먹'이라고 부른다. 조막만 한 데다가 나리가 발로 슬쩍 밀면 나가떨어지게 생겼기 때문이다. 한 주먹은 집 앞 거리로 나리가 지나가기만 해도 베란다에서 숨넘어가게 짖기 때문에, 우리 가족도 그 집 반려인들도 서로 마주치지 않으려 노력한다.

또 성격이나 사회성 정도도 맞아야 한다. 아랫동네에 사는 리모는 독일의 유기 동물 보호 센터인 티어하임에서 데려온 아이다. 루마니아에서 길거리를 배회하다 구출된 리모는 몇 살인지 무슨 견종인지 불분명하다. 거기다가 무슨 사연이 있는지 다른 개들을 봐도 멀리서 눈만 끔벅일 뿐 다가오지도 않고, 혹여라도 다른 개가 다가가면 그대로 얼음이 되어 버린다.

리모의 반려인은 아마도 리모가 루마니아의 거리에서 살 때 학대를 당했거나 다른 개들에게 공격을 받았을 것으로 추측했다. 그래서 리모를 만나면, 반려견끼리는 멀찍이 사이를 두고 반려인들끼리만 인사를 나누고 지나간다.

이렇게 티어하임에서 온 아이 중에는 사회성에 문제가 생겨서 다른 개들과 인사조차 나눌 수 없는 경우가 종종 있다. 희로애락의 감정이 확실히 있고, 사람 못지않게 다른 개들과의 교류가 중요한 아이들인데 어떤 사연으로 저리되었을지 안쓰러운 마음을 금할 길이 없다.

그리고 마지막으로 체력! 반려견들끼리 친구가 되어 놀려면 체력이 엇비슷해야 한다. 저 윗동네 사는 여덟 살 오스카는 흰색과 검은색이 섞인 프렌치 불도그다. 덩치도 우리 나리보다 작고, 다리도 짧고, 호흡이 가빠 함께 뛰어놀다 보면 나리보다 체력 소모가 크다. 그래서 마음은 더 놀고 싶은데 금세 땅에 드러눕는다. 그럼에도 오스카의 반려인은 나리를 만나면 정말 반가워한다. 오스카가 비록 체력은 부족하지만, 놀고 싶어 하는 열정은 넘치기 때문이다. 우리 동네에는 열 살이 훌쩍 넘은 어르신 반려견들이 많아 마음껏 놀 친구를 만나기 어려운데,

나리를 만나면 오스카가 에너지를 몽땅 쏟을 만큼 신나게 논다고 한다. 한마디로 오늘 놀 거 다 놀고 보람차게 집으로 돌아간다는 말씀.

그 반대도 있다. 나리의 몇 안 되는 동네 친구 중 하나인 리즐은 여섯 살의 크림색 래브라도리트리버로 여자아이다. 래브라도리트리버는 먹기도 잘 먹지만 체력이 국가 대표급이다. 리즐과 놀고 난 날이면 우리 나리가 드러눕는다. 하지만 행복은 최고조. 지금 이 순간에 충실하라는 말을 실천하듯 나리는 리즐을 만나면 원 없이 논다. 너른 공원을 신나게 달리고, 뒹굴고, 뛰어오른다. 어찌나 시원하게 달리는지 보고 있으면 나도 끼어서 뛰고 싶을 정도다. 쉽게 오는 기회가 아니니 그래, 마음껏 뛰어놀아라. 오늘은 꿀잠 예약이다.

이렇게 반려견들의 놀이 친구는 생각보다 찾기 어렵다. 오늘 그 소중한 놀이 친구를 만난 나리는 아주 신났다. 즐겁게 노는 백스터와 나리를 보며 덩달아 신난 반려인들은 둘이 예쁘게 앉아 있는 사진을 찍어 보겠다고 고군분투했다. 한 놈 앉혀 놓으면 다른 한 놈이 일어나고, 둘 다 앉혀 놓으면 카메라가 아

닌 딴 데를 보고 있고. 간신히 건진 사진 속 백스터와 나란히
앉아 있는 나리가 이렇게 말하고 있는 듯하다.

"행복한 주말 보내개!"

🐾🐾 프렌치 불도그 피하려다 닥스훈트 만난 날

독일에서는 반려견의 실외 배변을 위해 나가는 산책을 '가시(Gassi gehen)'라고 부른다. 견종에 따라 차이는 있지만, 한 번에 삼십 분 내외로 동네 한 바퀴를 도는데 비가 오나 눈이 오나 하루 서너 번 가시를 나간다.

직장이 끝나는 늦은 오후나 주말에 공원과 강아지 숲 또는 반려견 학교 훈데슐레(Hundeschule)에서 두 시간 이상 하는 산책은 대부분 훈련이 목적이다. 이렇게 훈련이 생활화되어 있다 보니 독일에서는 반려인이 반려견에게 끌려다니거나 쩔쩔매는 모습은 보기 힘들다. 대형견일수록 반려인이 경험이 많은 경우가 대부분이고, 강아지 때부터 훈련을 철저히 하기 때문이다. 그러나 어디에나 예외는 있는 법. 우리 동네에도 그런 애가 산다. 나이는 여섯 살, 이름은 제니퍼. 프렌치 불도그다.

이름도, 사나운 모습도, 이 동네에서 자주 만날 수 있는 캐릭터는 아니다. 제니퍼는 산책을 하다가 다른 개가 보이면 두 발을 공중에 띄운 채 사납게 짖는다. 멀리서 보면 흡사 공중 부양을 하고 있는 것처럼 보인다. 소리는 또 어찌나 큰지 그 주변으로 지나갈 엄두도 내지 못한다. 그럴 때마다 반려인은 너무나 미안해하며 두 손으로 리드 줄을 꼭 쥐고 섰거나 어렵사리 다른 길로 돌아간다. 물론 대부분 다른 반려인이 알아서 피하지만 말이다.

나리는 쫄보다. 그래서 자기보다 몸집은 훨씬 작지만 사납기 그지없는 제니퍼를 무서워한다. 다행히 우린 자주 마주치지 않는다. 그러나 같은 동네에 살다 보니 어쩌다 마주칠 때가 있다. 오늘처럼.

나리와 나는 평소처럼 자주 다니는 산책로를 걷고 있었다. 그런데 어떤 잡것이 맥주를 마시고 병을 길바닥에 으깨 놓았다. 주말이나 공휴일 아침이면 종종 보이는 풍경이다. 독일에는 '판트(Pfand)'라는 공병 환급 제도가 있어서 독일에 사는 대부분의 사람은 물이나 맥주를 마시고 병을 모아 두었다가 반납하고 환급을 받는다. 물론 개중에는 환급이 안 되는 병도 있고, 환급받는 것이 귀찮아서 빈 병을 그냥 버리는 사람들도 있다. 그러면 쓰레기통에 고이 버려야지, 이렇게 길에다 유리 조각을 낭자하게 펼쳐 놓으면 어쩌자는 것인가.

나리가 우리 가족이 되기 전이었다면 한바탕 욕을 퍼붓고는 발로 슬쩍 길가에 밀어 두거나 까치발로 유리 조각을 피해 지나갔을 것이다. 하지만 이제는 그럴 수가 없다. 맨발의 청춘인 반려동물들이 다칠 수도 있지 않은가! 어금니를 꽉 깨물고는 치우고 가게 된다. 물론 욕도 찰지게 날리면서.

유리 조각을 치우고 나서 우리는 산책 경로를 바꿔서 걸었다. 그런데 코너를 돌아 들어가니 저 멀리서 익숙한 자태와 목소리가 들려오기 시작했다. 이 목소리는……, 제니퍼! 아니나 다를까 제니퍼는 흑회색의 두 발을 공중에 뻗으며 그야말로 개지랄(!)을 떨고 있었다. 우리는 다시 경로를 수정했다.

이번에는 자주 지나다니지는 않지만 독일의 옛날 집들이 옹기종기 모여 아기자기한 예쁜 골목길이었다. 이삼백 년은 되어 보이는 골동품 같은 독일 집들이 가득한 골목. 동화 속에 들어와 있는 것 같았다. 그런데 걷다 보니 이 길을 자주 지나다니지 않았던 이유가 생각났다.

반려견과 함께 산책하기에는 보행자 도로 폭이 너무 좁아서 자전거라도 마주 오면 차도에 내려서게 되거나 청소차가 지나가면 피할 곳이 없었다. 널찍널찍해서 반려견과 다니기 편하고, 중간중간에 풀밭이 있어서 야외 화장실 가기도 용이한 데로 산책길을 선택했던 셈이다.

새로운 풍경에 신이 나서 여기저기 냄새를 맡는 나리와 천천히 길을 걷고 있는데, 길 건너편 멀리 아저씨 한 명이 걸어오는 것이 보였다. 반복적으로 뒤돌아보는 모습으로 보아 뒤에 반려견이 따라오고 있는 것 같았다. 우리와 거리가 좁혀지자 아저씨는 허리를 굽히며 반려견과 리드 줄을 연결했다. 그때까지 작아서 보이지 않던 아저씨의 반려견이 보였다. 오호라, 닥스훈트로군. 체구도 작고 다리도 짧으나 사냥개의 일종이라 빠릿빠릿하며, 개에 따라 한 성질하기도 하는 견종.

독일에서는 거리에서 리드 줄을 매는 것이 의무 조항이다. 하지만 반려견과 반려인 간 신뢰가 두텁고 훈련이 잘되어 있는 개들은 리드 줄 없이 데리고 다니기도 한다. 그러나 다른 개를 만나면 다시 리드 줄을 하는 것이 예의다. 일명 펫티켓!

우리가 만난 닥스훈트는 털이 부스스하고, 목청이 좋은 아이였다. 어찌나 짖어 대는지 머리가 울릴 지경이었다. 가히 제니퍼를 능가할 목청이다. 다른 점이라면 제니퍼는 사나움이 깃든 짖음이라면, 이 아이는 그저 부잡스럽고 소란스러운 짖음이랄까. 눈치 빠른 나리가 해 볼 만하다 싶었는지 몸을 틀었다.

이런 때가 중요하다. 반려견과 산책을 다니다 보면 간식으로도 '앉아'나 '엎드려'가 잘 안될 때가 있다. 작은 새나 토끼, 다람쥐 들이 오갈 때 호기심이 충만한 개는 잡고 싶어 안달이 난다. 또는 이렇게 상대방과 한번 붙어 볼 만하다 싶을 때, 급발진을 주의해야 한다.

나는 나리의 움직임이 달라지는 것을 느끼며 빠르게 리드 줄을 손에 감았다. 우리가 사용하는 플렉시 리드 줄은 누르는 기능으로 자동 거리 조절이 오 미터까지 된다는 장점이 있다. 하지만 갑자기 반려견이 뛰거나 튀어 나갈 때 그 무게와 가속도를 못 이겨 줄이 팅겨 나가기도 하고, 당황한 반려인이 감아야 하는 줄을 오히려 늘이게 되기도 한다.

그동안 수도 없이 겪은 일이다. 나리가 공원에서 까마귀나

오리를 쫓아가려고 튀어 나가거나, 풀숲 사이에 지나가는 토끼나 다람쥐를 잡으려고 용을 쓸 때 주로 발생한다. 덕분에(?) 줄을 잡고 있던 팔이 예전 만화영화 주인공 가제트 팔처럼 늘어날 뻔한 적도 많고, 방향을 잘못 잡아 줄에 손을 베일 뻔한 적도 여러 번 있다.

그렇게 갈고닦은 촉으로 줄을 짧게 걸어 잠김으로 해 두고 남은 줄을 손에 감았다. 이렇게 하면 이중 장치라 더 안전하다. 물론 반려견이 어느 쪽으로 튀어 나갈지도 미리 계산해 둬야 방향을 잘못 잡아 손을 다치는 것을 면할 수 있다. 아니나 다를까 나리는 내가 예상한 오른쪽 앞으로 튀어 나가려고 했다. 공격하려는 의도는 아니었다. 단지 "어이. 드루와, 드루와. 한번 해 봐! 반 주먹도 안 되는 게 까불고 있어!"의 의미로 왕왕 짖으며 펄쩍 뛴 거다. 그렇다고 해도 내버려 둘 수는 없는 노릇, 이중으로 감았던 리드 줄에 힘을 주고 버티며 나리를 진정시키려 애썼다.

이럴 때는 한쪽이 먼저 가야 끝이 난다. 바로 제자리로 온 나리에게 계속 짖어 대는 닥스훈트의 반려인은 미안하다며 "얘가 그로스마울(Großmaul)이라 그래요." 하고는 아이를 데리고 빠르게 사라졌다. 그로스마울이라⋯⋯. 독일 사람들은 잘난 척하며 말 많은 수다쟁이를 일컬을 때 그로스마울, 일명 큰 입이라고 하는데, 내 식으로 표현하자면 '공포의 주둥이'쯤 되겠다. 사람이든 개든 아는 척 잘난 척 끊임없이 시끄럽게 떠들어 댈 때 쓰는 말이다.

공포의 주둥이 닥스훈트 때문에 힘을 썼더니 배가 고파졌다. 나리와 서둘러 집으로 향했다. 오늘 첫 산책이었는데, 그 짧은 소동으로 벌써 세 번째 산책을 다녀온 느낌마저 든다. 프렌치 불도그 피하려다 그로스마울 닥스훈트를 만나 버리다니!

🐾 나리 목욕하는 날

나리는 우리 집의 첫 반려견이다. 그렇다 보니 우리는 마치 첫 아이를 키울 때처럼 모르는 것도 궁금한 것도 많았다. 그래서 동물 병원에 갈 때마다 수의사들을 붙들고 소소한 질문들을 쏟아 냈다. 다행히 수의사들은 별 시답잖은 질문을 해도 아직 경험이 없는 보호자들이라 그러려니 하면서 성실히 답변해 주고는 했다.

가령 우리는 반려견의 목욕 주기가 궁금했다.

"목욕을 얼마나 자주 해야 하나요?"

예방 주사를 능숙하게 놓던 수의사가 담담하고 쌈박하게 대답했다.

"목욕이 필수는 아니에요. 뭔가 더러운 것이 묻었거나 냄새가 날 때 씻겨 주세요. 개는 목욕보다 빗질이 더 중요해요."

아니, 무슨 그런……. 원래 자주 안 씻어도 되는 거였어? 그럼 이 꼬릿한 냄새들은 어떻게 해?

다른 병원에 갔을 때도 우리는 같은 질문을 했다. 그리고 또 다른 병원에 갔을 때도. 매번 돌아오는 대답은 똑같았다. 개들은 털이 계속 나고 빠지며 털갈이가 되는 데다, 스스로 청결을 유지한다. 그러니 깨끗하게 해 준다고 너무 자주 목욕하거나, 샴푸를 과도하게 사용하는 건 오히려 반려견의 피부에 좋지 않단다. 또한 목욕 후에 물기를 제대로 못 말리면 젖은 털이 뭉쳐 습진을 일으킬 수도 있으니, 목욕보다는 빗질을 잘해 주는 게 중요하다고 했다. 더러운 것(예를 들어 똥이라든가…….)이 묻었거나, 냄새가 심할 때만 씻겨 주면 된단다.

전문가에게 들은 말이지만 도저히 믿기지 않아서 나는 종종 독일 반려인들에게도 물어보곤 했다. 반려견 훈련사 한스도, 반려견 학교에서 만난 학부모(?)들도, 산책에서 만난 반려인들도, 반려견의 목욕을 주기적으로 하지 않았다. 그렇다. 내가 만난 독일 사람들은 반려견을 정기적으로 씻기지 않았다.

처음에는 도무지 이해가 되지 않았다. 일주일에 한 번도 아니고 한 달에 한 번도 아니고 하다못해 삼사 개월에 한 번도 아니고, 더러운 것이 묻었거나 냄새가 날 때나 한번 씻겨 준다니! 하루에 서너 번은 밖에 나가서 산책하는 아이들이 아닌가! 맨발로 온갖 데를 싸돌아다니는데……. 아무리 집 안에서 신발을 신고 생활하는 독일이라지만, 침대에서 함께 자는 사람들도 있는데 어떻게 정기적으로 안 씻기지?

하지만 나리를 키우며 서서히 알게 되었다. 개들은 씻길 새 없이 털이 빠지고 새로 난다는 것을. 더러운 털을 씻기려 하기 전에 이미 그 털은 사라지고 새 털이 나 있다는 것을.

그리고 목욕하는 게 정말 반려견의 위생을 위해서일까 하는 의문이 들었다. 그보다는 사람이 사는 공간을 청결하게 유지하려는 이유가 더 크지 않을까? 사실 반려견은 안 씻어도 사는 데 아무 지장이 없지 않은가. 영문도 모른 채 붙잡혀서 씻김을 당하고, 부웅 시끄러운 소리가 나는 드라이어로 사방에서 바람을 쐰다. 내가 들어도 시끄러운데, 소리에 민감한 나리에게는 이 소리가 얼마나 크게 들릴까. 그러니 목욕이라는 소리를 들으면 눈치를 슬슬 보며 피할 수밖에.

　나리는 목욕 전부터 도망 다니느라 온 집 안을 뛰어다닌다. 그러면 우리도 같이 뛴다. 달아나는 나리를 잡아야 하니까. 나리 몸에 물 한 방울 묻히기 전에 온 가족이 땀범벅이 되고, 간신히 목욕을 시작해도 강렬한 반항심으로 거품 묻은 몸을 수시로 털어 대니, 우리가 나리를 목욕시키는 건지 나리가 우리를 목욕시키는 건지 헷갈릴 지경이다.

　한번은 딸내미가 큰 수건을 가져다주겠다고 문을 살짝 열고 욕실에 들어왔다. 이 틈을 타 탈출한 나리 덕분에 우리 집 거실은 온통 물바다가 되었다. 아직 제대로 닦지 못한 거품을 달고 물을 사방팔방 털어 대는 통에 나리를 비롯한 온 가족이 여기저기서 미끄러졌다. 언제까지 목욕시키느라 난리법석을 떨어야 하나, 뭐 좋은 방법이 없을까?

그러던 어느 날 사료를 사러 반려동물 용품 상가에 갔다. 상가 안에는 반려견 미용실이 있는데, 벽면에 붙인 포스터가 눈에 띄었다. 반려견 목욕과 빗질 스타일링을 합쳐 놓은 세트 상품이었다. 빗질 스타일링은 모르겠고, 목욕 두 번에 49유로. 한화로 약 7만 원대에 목욕이라니, 그것도 두 번이나. 심 봤다!

우리는 나리 이름으로 목욕을 예약했다. 그리고 대망의 목욕하는 날, 나리를 데리고 미용실로 향했다. 인사를 나눈 후 미용실 원장은 나리와 놀기 시작했다. 서로 얼굴이 익숙해지기 위해서란다. 그러다가 원장은 나리를 데리고 욕실로 향했다. 나리를 번쩍 들어 철제로 된 욕조에 넣은 다음 안전벨트를 묶고, 따뜻한 물로 기분 좋게 고객님을 살살 적셔 주었다. 그런 다음 향기 좋고 화학 첨가물이 덜 함유된 강아지용 샴푸로 골고루 구석구석 마사지하듯 거품을 냈다. 우리 나리 고객님이 늘 하던 대로 몸을 털어 주시는 바람에 원장님은 비 맞은 사람처럼 쫄딱 젖었다. 그럼에도 허허 사람 좋은 웃음을 지었다. 알고 보니 원래는 사람을 상대하던 헤어 디자이너였는데, 개가 너무 좋아서 반려견 미용사 교육을 따로 받고 전업을 했다고 한다. 그래서 우리 나리를 꿀 떨어지는 눈빛으로 바라봤던 거로군.

두 번의 목욕이 화려하게 끝났다. 이제 말릴 차례. 반려견 미용실에 있는 드라이어는 워낙 초대형이라 소리가 웅장하다. 반려견 귀마개까지 착용했지만, 무서워하는 나리를 위해 남편이 희생했다. 축축한 나리를 품에 안고 같이 말려졌다. 적셔짐과 말려짐을 동시에 했달까. 고객님, 고생하셨습니다. 이제 빗질하고 가실게요. 드디어 목욕이 끝나고, 목욕 후에 힘찬 빗질로 스타일링까지 하는 동안 방석 하나 거뜬히 만들 분량의 털이 떨어져 나왔다.

목욕하고 뽀얀 크림색 털을 반짝이는 데까지 걸린 시간은 삼십 분 남짓. 박수가 절로 나온다. 어차피 명절맞이 하듯 일 년에 몇 번 하는 목욕인데, 앞으로 나리는 여기서 목욕재계하는 걸로 땅. 땅. 땅 결정!

'개가 사람의 말을 알아들을 수 있을까?'

나리가 우리 집에 처음 왔던 그때, 왕초보 집사였던 나는 이게 제일 궁금했다. 과연 나리가 우리가 하는 말을 알아들을까? 말귀를 이해할까? 가끔 인터넷에 떠도는 유명한 영상이나 짤이 있지 않은가. 반려견에게 냉장고에 있는 콜라 좀 가져와, 서랍 안에 있는 양말 좀 가져다줄래, 빗자루 좀 다오, 꽃나무에 줄 물 좀 틀어라 등등. 사람 말을 척척 알아듣고 복잡한 요구사항도 즉각 해 내는 영특한 개들의 모습. 그런 영상을 보면 왠지 우리 나리도 훈련만 잘 시키면 마당에 꽃 심을 때 삽이라도 물어다 줄 것만 같았다.

어느 날 우리 부부는 나리를 데리고 독일의 반려견 학교 훈데슐레를 찾았다. 훈데슐레에서는 반려견이 사람의 언어를 알아듣는 것이 아니라, 몸동작과 그때 상황의 느낌, 감정의 변화 등을 통해 전해지는 것을 받아들이고 이해한다고 말한다. 예를 들어 우리가 "나리, 그거 가져가면 안 돼!"라고 외칠 때 나리는 그 상황 속에서 전해지는 우리의 몸동작, 말투와 억양에서 전해지는 감정과 느낌으로 말의 내용을 이해한다는 것이다. 어쩐지 나리에게 아무리 조곤조곤 이야기를 해도 귀만 쫑긋거리며 아무런 반응도 하지 않더라니. 혼자 알아듣지도 못하는 말을 줄기차게 떠들었던 셈이군.

훈데슐레에는 한 살 미만의 강아지들을 위한 유치반이 있다. 훈련을 시키기엔 너무 어린 걸까. 유치반에서는 다른 강아지들과 어울려 실컷 뛰어놀게 한다.

한 살 이상 성견이 된 개에게 처음 하는 훈련은 '앉아'다. 그냥 말만 반복하는 게 아니다. 검지 손가락을 들고 절도 있고 간결하게 "앉아(Sitz)."라고 해야 한다.

훈데슐레에서 나리가 딴짓할 때마다 나는 "나리 앉아, 에이 얼른 앉아." 하며 말을 반복하고는 했는데, 그럴 때마다 반려견 훈련사 한스는 이렇게 이야기했다.

"허리 펴고, 손가락 들고, 딱 한 번만 정확하게 '앉아'라고 말하세요."

그 후 '앉아'를 익힌 나리는 손가락만 펴도 앉고, 한국말로 해도 앉고, 독일말로 해도 앉았다. 한마디로 손가락 하나 들고 하는 이 동작이 개에게는 사람의 언어보다 더 빠르고 정확하게 의미를 전했던 거다.

그리고 두 번째로 배운 건 '엎드려', 독일말로는 "Platz."다. 이때는 손을 최대한 땅바닥 쪽으로 내리며 "엎드려."라고 말해야 한다. '앉아'는 그래도 빨리하더니, '엎드려'까지는 한참이 걸렸다. 다른 개들은 다 '엎드려'를 하는데 나리만 안 해서 순간 내가 직접 엎드리는 걸 보여 줘야 하나 고민하기도 했다. 손에 간식을 들고 엎드려 손동작을 얼마나 했는지……. 손안에 간식을 감추고 냄새를 맡게 한 후 땅바닥으로 내리며 '엎드려'라고 외치는데, 나리는 킁킁거리며 손안에 감춰진 간식 냄새는 맡으면서도 눈과 고개만 따라 내려가고 꼿꼿이 앉은 채였다. 나리야, 따라 내려와야지 보고만 있으면 어쩌니. 아, 그냥 '엎드려'는 포기할까.

하지만 이 '엎드려'는 굉장히 중요하다. 독일에서는 모든 개가 실외 배변을 한다. 그렇다 보니 하루 세 번 이상 산책하는 게 보통이다. 산책을 하다 보면 다양한 상황을 마주친다. 다른 개를 만날 수도 있고, 청소 차가 요란한 소리를 내며 옆을 지나가기도 한다. 초등학생이나 유치원생 들이 킥보드 또는 인형 유모차를 끌고 지나가기도 하고, 할머니, 할아버지 들이 바퀴 달린 장바구니를 끌고 옆을 지나갈 수도 있다. 감각 능력이 뛰어난 개들은 이런 상황에서 쉽게 놀라기도 흥분하기도 한다. 그래서 '앉아'뿐만 아니라 '엎드려'를 시켜 놓고 기다려야 할 상황이 자주 발생한다.

언젠가 풀밭에서 나리의 변을 치우고 있었다. 방금 본 따끈한 것을 치우고 일어났는데, 나리 근처 여기저기에 개똥들이 전시되어 있는 게 아닌가? 나리에게 이게 네 똥이 맞냐고 물어볼 수도 없고. 그냥 주변에 있는 똥들을 죄다 치우고 있었다. 그때 초등학생 한 명이 킥보드를 타고 우리 옆을 획 지나갔다. 흥분한 나리가 벌떡 일어나서 앞으로 달려가는 바람에 줄이 당겨져서 하마터면 개똥 위에 앉을 뻔했다. 그 이후로는 똥을 치울 때 꼭 나리에게 '엎드려'를 시켜 놓는다.

그리고 세 번째인 '기다려'. 손바닥을 반려견을 향해 들어 보이고 한국말로 "기다려.", 독일말로 "Blieb."를 말한다. 사실 나리의 '기다려' 훈련은 아직 끝나지 않았다. 똥꼬발랄 나리에게 '기다려'는 너무 어려운가 보다. 간식이 먹고 싶어서인지 '앉아', '엎드려'는 자동으로 하는데, 기다리는 건 영 소질이 없다. "기다려."를 듣고 의젓하게 앉아 있다가도 우리가 등을 돌림과 동시에 졸졸 쫓아온다. '기다려' 포즈인, 손바닥을 들고 자세를 유지한 채 뒷걸음질할 때는 눈을 끔뻑끔뻑 귀를 쫑긋거리며 눈치를 보다가도 어느새 쪼르르 옆에 와서 꼬리를 흔든다. 으이구, 요 귀여운 것.

훈데슐레에서 교육을 받던 당시 코로나19가 발생했다. 매주 토요일마다 가던 학교에도 가지 못하고, 친구들과 어울려 지낸 지도 오래된 나리는 산책길에 개를 만나면 놀고 싶어서 몸살이 났다. 아무리 손바닥으로 장풍을 날리듯 절도 있게 "기다려."를 외쳐도 들은 체도 안 한다. 하지만 어쩌겠는가, 참아야지. 코로나19는 반려인뿐만 아니라 반려견들도 외로워지는 시기였다.

시간이 약이라고 했던가. 요즘 나리는 산책 중에 "기다려!"

라고 하면 제법 의젓하게 앉아 기다린다. '멈춰! 그대로 있어!'
라는 뜻인 'Blieb'를 그대로 실천하고 있는 거다. 시끄럽고 신
기하고 궁금한 것투성이인 바깥세상에서 멈춰서 기다리는 것
을 배우지 못하면, 위험한 순간이 많다.

　횡단보도를 건널 때 나리는 '기다려' 자세로 얌전히 앉아 있
지만, 길 건너 다른 개를 발견하면 목을 쭉 뺀 엉거주춤한 자
세가 되고는 한다. 그럴 때면 자동차들이 먼저 멈춰 서고 운
전석에 앉은 운전자들이 웃으며 손으로 지나가라는 제스처를
취해 준다. 독일에서는 건널목에 신호등이 없어도 사람이 우
선이기 때문이다. 그중에서도 장애인, 노인, 아이, 그리고 개
와 함께인 사람은 최우선이다. 나리 덕분에 우리는 자동차들
이 줄지어 기다려 주는 건널목을 유유히 건넌다. 나리는 집 앞
우체통에서 우편물을 꺼내고 열쇠로 현관문을 열 때도 기다린
다. 때로는 얌전히 앉아서, 때로는 앞발로 옆구리를 박박 긁어
가며. 그렇게 하루에도 수차례 다양한 상황에서 나리의 '기다
려'는 무한 반복 중이다.

🐾🐾 독일에서 반려견과 갈 수 없는 장소

남편 생일에 맞춰 딸내미가 사는 동네로 주말여행을 갔다. 독일 사람들은 일요일이나 공휴일에 가족들과 함께 공원으로 산책을 많이 다닌다. 동네마다 공원도 여러 곳이고, 일요일이나 공휴일에는 백화점이나 상점이 문을 닫아 딱히 구경 다닐 만한 곳도 없다. 걸으며 이런저런 이야기를 두런두런 나눌 수도 있고, 말없이 함께 걸어도 좋으니, 가족과 시간을 보내기에 공원 산책만 한 게 있나 싶다.

일요일 아침, 나리까지 데리고 온 가족이 산책을 나섰다. 검색에 특화된 큰아들이 딸내미가 사는 기숙사 근처에 식물원이 있다고 알려 줬다. 이사한 지 얼마 되지 않아서 딸내미도 아직

가 보지 못했다고 한다. 마침 잘됐다며 우리는 발걸음도 가볍게 식물원으로 출발했다.

눈부신 햇살에 청명한 하늘. 날씨까지 좋았다. 기분이 상쾌했다. 나리도 신이 났는지 궁둥이를 씰룩이며 발랄하게 걸었다. 걷다 보면 나뭇가지 사이로 바람이 불어 가을 색으로 물든 낙엽들이 비처럼 우수수 쏟아져 내렸다. 아, 가을이구나. 좋다.

가을 감성에 한껏 취해 걷다 보니 식물원에 도착했다. 그런데, 매표소 직원이 나리를 보자마자 "반려견은 입장이 안 됩니다."라고 하는 게 아닌가! 아직 표를 사겠다고 말하기도 전이었다. 미리 선수를 치다니, 아마도 우리처럼 반려견을 데리고 온 사람들이 많았나 보다.

우리 동네 식물원에서는 열대 식물이 있는 온실 전시장을 제외하면 리드 줄을 착용한 반려견도 동반 입장이 가능하다. 그런데 베를린에서는 시각 장애인 안내견이 아니고서는 식물원에 반려견이 들어갈 수 없단다. 독일은 주마다 공공 법규들이 조금씩 다르다. 반려견 관련 법규 또한 그렇다. 독일 전체에서 포괄적으로 적용되는 기본법 외에 나머지는 주마다 도시마다 자발적으로 규칙을 정하여 적용하고 있기 때문이다. 좀 자세히 찾아보고 올걸. 뒤늦게 후회했지만 어쩌겠는가. 아쉬운 마음을 달래며 근처 공원으로 발걸음을 돌렸다.

가을은 모든 곳에 공평하게 찾아와 식물원 옆 공원도 짙게 물들어 있었다. 유모차에 아기를 태우고 산책하는 부부, 인형 같은 손녀의 세발자전거를 잡아 주며 활짝 웃고 있는 할아버지, 아이와 함께 공놀이하는 아빠의 모습이 가을날의 풍경을 담은 한 폭의 그림 같았다.

집으로 돌아온 후 독일에서 반려견과 함께 갈 수 없는 곳들을 검색해 보았다. 반려견 천국 독일에서도 반려견과 함께 갈 수 없는 곳들이 제법 많다.

1. 시청, 시립 도서관 등의 관공서 건물

우선 공공 기관의 건물이 있다. 나리를 입양한 후 반려견 등록과 세금 납부를 위해 관청에 갔다. 반려견 관련 업무를 담당한 곳임에도 십 킬로그램 이하의 소형견만 출입할 수 있었다. 관공서 건물에 반려견 출입이 제한되는 것은 독일 전역이 농일하다.

이 놀이터는 만 16세 미만 아이들을 위한 곳이니 반려견과 자전거는 들어오지 마시오.

카셀시의 반려견 규정에 따라 이곳에서는 리드줄을 착용하시오.

2. 학교, 유치원, 동네 놀이터, 체육관

초등학교부터 대학교까지의 학교 건물, 유치원, 동네 놀이
터, 체육관에도 반려견이 출입할 수 없다. 예전에 막내가 다니
던 초등학교에는 유기견 한 마리가 학교 건물에 살고 있었다.
이 아이는 주로 교무실에서 지내고, 가끔 교실에서 아이들과
수업을 함께하기도 했는데, 학교에서 시에 특별 허가를 받았
기 때문에 가능한 일이었다.

선생님들이 아이들에게 강아지가 놀라면 안 되니 조용히 해
야 한다는 약속을 받고 강아지를 수업에 참여시켰는데, 아이
들이 강아지와 함께 수업을 받기 위해 자발적으로 조용히 해
서 수업 효과가 배가 됐다고 한다.

어느 날 아침, 산책을 하던 길에 무심코 동네 놀이터를 가로
질러 갔는데 어떤 아저씨가 조용히 다가와서는 여기는 아이들
놀이터라서 반려견을 데리고 들어오면 안 된다고 알려 주었
다. 그러면서 나무 밑에 가려져 잘 보이지 않았던 표지판을 가
리켰다. 표지판에는 이 놀이터는 만 16세 미만의 아이들을 위
한 곳이니, 반려견과 자전거는 들어오면 안 된다고 표시되어
있었다. 아이들이 놀이터에서 마음 놓고 놀 수 있게 오전 여덟

시부터 오후 여덟 시까지는 어른들이 자전거를 타고 지나가도, 산책 나온 반려견을 데리고 지나가도 안 된다는 말이었다. 아이들의 안전을 위한 이 정책은 독일 전역에 적용된다.

3. 실내·외 수영장, 체험장, 실내 놀이터, 경기장

실내·외 수영장, 경기장과 실내 놀이터는 독일 전체에 해당하고, 체험장은 주와 도시에 따라 다를 수 있다.

4. 마트, 빵집, 정육점 등 식품을 취급하는 곳

마트나 빵집 등 식재료를 판매하는 곳에는 반려견을 동반할 수 없다. 개중에는 일명 반려견 주차장이 마련된 곳도 있다. 바깥에 반려견의 리드 줄을 묶을 수 있도록 고리가 달린 곳을 반려견 주차장이라고 부르는데, 그곳에 반려견을 잠시 두고 볼일을 보고 나올 수 있다. 독일에서는 반려견을 묶어서 키우지 않지만, 마트나 빵집 문 앞에서 리드 줄이 묶인 채 양전히 기다리는 반려견을 종종 볼 수 있다. 하지만 독일의 카페와 식당은 대부분 반려견과 동반 입장이 가능하고 반려견에게 물을 가져다주거나 간식을 주는 곳도 많다.

5. 공동묘지, 교회, 성당, 수도원, 사원 등의 종교적 건물

대부분의 종교적 건물에는 반려견을 데려갈 수 없다. 이것은 독일 전역이 동일하게 적용된다.

6. 식물원, 동물원, 시립 정원

주마다 도시마다 다르다. 반려견 동반 출입이 가능한 곳도 있고, 금지된 곳도 있으므로 방문 전 홈페이지에서 확인해야 한다.

7. 병원, 약국, 드럭스토어

의료 관련 시설인 병원, 약국, 드럭스토어는 반려견이 들어갈 수 없다. 이것은 독일 전역이 동일하다. 우리 병원 환자가 아주 작고 까만 새끼 래브라도리트리버를 데리고 온 적이 있었다. 약 처방전만 받아 가려고 했는데 진료까지 받게 되어 예상보다 병원에 머무는 시간이 길어졌다. 안으로 들일 수는 없고, 병원 밖에 혼자 있는 강아지가 걱정되어서 발을 동동 구르다가 직원들이 차례로 나가 강아지 곁을 지켰다. 또 병원 옆집에 사는 고양이가 오가며 가르랑거리고 인사하더니 어느새 친

구가 돼서 은근슬쩍 병원 안으로 들어오려고 하는 바람에 난 감한 적이 몇 번이나 있었다. 동물 친구들, 너희가 아무리 귀염 뽀짝 해도 출입 금지다. 어쩔 수 없다.

8. 극장, 연극, 오페라, 뮤지컬 등의 실내 공연장

독일 전역에 동일하게 적용된다. 다만 실외 공연에는 반려견 동반이 허용되는 경우도 종종 있다.

9. 미술관, 박물관, 성 등의 건물 안

독일 전역에 동일하게 적용된다. 다만, 미술관, 박물관, 성 등의 야외 전람회 또는 정원에는 반려견 동반 입장이 가능한 경우도 있으니 방문 전 확인해 보길 바란다.

10. 그 밖의 놀이동산, 가구점, 개인 상점 등

도시마다 업체마다 달라서, 입장 전에 반려견 출입 금지 표식이 있는지 확인해야 한다.

생각보다 반려견이 들어가지 못하는 곳이 많았다. 하지만 이

렇게 명확하게 기준을 정해 둬야 불필요한 갈등을 줄이고 문제가 발생했을 때 쉽게 해결할 수 있을 것 같았다. 처음에는 번거롭고 귀찮았는데, 생각을 달리하기로 마음먹었다.

우리 나리와 함께 잘 살기 위한 규칙인데, 까짓 검색쯤이야. 나리야, 엄마가 좀 더 부지런해질게!

🐾🐾 독일에서 반려견 호텔 찾기

우리가 독일에서 병원을 개원한 첫해였다. 해 보지 않았던 일들에 적응하느라 가족 모두 심신이 지쳐 있었고, 직원 하나 잘못 뽑았다가 영혼이 탈탈 털리는 경험도 했다. 어디가 되었든 무조건 휴가를 떠나야 했다. 마침 딸내미가 독일의 수능인 아비투어를 마친 때였다. 모든 이유를 때려 넣어 그리스로 가족 여행을 떠나기로 했다. 여행을 알아보며 우리는 반려견 호텔도 함께 알아보았다. 서너 시간이라지만 나리를 비행기에 태우고 가기에는 무리가 있어 보였기 때문이다.

독일에는 크고 작은 반려견 호텔들과 직접 자기 집에서 반려견을 맡아 돌보아 주는 펫시터들이 있다. 자격 요건과 공간

등의 조건들이 철저히 갖추어 있지 않으면 허가가 쉽게 나지 않는다. 우리는 개인이 하는 펫시터부터 여러 종류의 반려견 호텔들을 알아보았다. 독일의 반려견 학교인 훈데슐레 훈련사가 직접 운영하는 반려견 호텔들도 있었는데, 그중에서 가장 우리에게 적합하다고 생각한 곳을 예약하기로 했다.

이용료는 1박에 19유로부터 30유로까지 다양했다(2024년 독일에 있는 반려견 호텔 이용료는 1박에 20유로부터 40유로 선이다.). 저마다 기준이 조금씩 다르지만, 독일에 있는 반려견 호텔에서는 예약을 했다고 해서 바로 반려견을 맡아 주지는 않는다. 일단 반려견이 그 공간과 사람들에게 적응할 시간이 필요하기 때문이다. 그것은 개인이 하는 펫시터들도 마찬가지. 그래서 예약 전 미리 방문해서 둘러보고, 다른 날 반나절 동안 반려견이 그곳에서 잘 있는지 적응해 보는 맛보기 기간이 있다. 거기까지는 비용을 지불하지 않는다. 필요에 따라서는 1박을 해 보기도 한다. 우리는 반나절 맛보기와 1박까지 두루 해 보기로 했다.

우리가 찾아간 곳은 우리 동네에서 훈데슐레 훈련사로 유명한 케빈이 직접 운영하는 반려견 호텔이었다. 고객 만족도 평가와 입소문이 꽤 좋았다. 그런데 막상 찾아간 반려견 호텔의 모습은 내가 상상했던 모습과는 조금 달랐다.

맛보기 체험을 하러 가는 날, 우리는 나리를 차에 태우고 내비게이션에 주소를 찍었다. 그리고 출발. 반려견 호텔은 우리가 살고 있는 도시에서 한참 떨어진 외곽에 있었다. 게다가 내비게이션이 주소지를 찾지 못해 몇 번을 작은 도로로 빠져나갔다 들어가기를 반복했다. 결국 반려견 호텔에 전화를 걸어 SOS를 쳤다.

겨우겨우 호텔에 찾아가 보니 우리가 헤맨 이유를 알 수 있었다. 호텔이 작은 국도를 타고 한참 들어가야 찾을 수 있는 숲속 한가운데에 덩그러니 있었던 것이다. 주변에 집 한 채 없는 숲속의 산장 같은 곳이었다. 많은 개가 지내는 공간이니까 주택가에 있진 않을 것이라 생각했지만, 이렇게나 외딴곳에 있을 줄이야.

그렇게 찾은 반려견 호텔 앞에서 우리는 또 한참 동안 기다려야 했다. 초인종을 누를 수 없었기 때문이다. 초인종이 고장 났냐고? 아니, 누르지 말라고 쓰여 있었다. 개들이 스트레스를 받을 수 있기 때문이란다. 그럴 거면 왜 초인종을 만들어 둔 것인지.

그래서 외부인의 방문 시간도 정해져 있고, 그 시간에 도착한 사람은 문 앞에서 기다리고 있어야 한다. 누군가 문을 열어주고 안내를 받을 때까지. 닫힌 문 앞에서 이렇게 외쳤다. '여기 방문객 있어요, 문 좀 열어 주세요!' 물론 마음속으로만.

독일에 있는 동물 병원은 대부분 깨끗하고 현대적인 느낌이다. 그래서 나는 반려견 호텔도 그렇지 않을까 상상했다. 그런데 을씨년스러워 보일 정도로 오래되고 어두운 집을 그대로 사용하고 있었다. 귀신 나오게 생겼달까. 물론 그렇게 생겼다는 것과 위생의 문제는 별개다. 또한 내가 받은 인상은 지극히 인간적인 시각에서 받아들인 것으로, 개는 너무 밝은 것보다 적당히 어두운 곳에서 안정감을 느낀다고 한다.

우리가 안내된 사무실에서 훈련사 케빈과 나리가 인사를 나누고 주의 사항과 기타 등등의 이야기를 나누는 동안 케빈의 아내가 개들을 이끌고 정원으로 나갔다. 넓은 거실에는 각자 집에서 가져온 침대나 켄넬 등이 곳곳에 놓여 있었다. 케빈은 자기 침대나 켄넬, 소파나 창가 등등 개들이 편안하게 생각하는 곳이 곧 잠자리라고 말했다. 그리고 이곳에 묵을 때는 집에서 사료와 밥그릇을 가지고 와야 한다고 했다.

장소를 이동해 사료가 가득한 방으로 들어갔다. 개들의 일용할 양식이 이름표가 붙어 있는 채로 준비되어 있었다. 이름별로 적힌 사료 통에는 사료와 급식량, 알레르기 등의 주의 사항이 빼곡히 적혀 있었다. 하루에 24유로(한화로 약 3만 5천 원) 정도 하는 이용료가 시설에 비해 비싸다고 생각했는데, 병원에서의 진료 기록처럼 꼼꼼히 관리되고 있는 계획표를 보니 이곳이 점점 마음에 들었다.

이제 나리가 이곳에 있는 다른 친구들과 만날 시간. 처음에는 한 마리, 두 마리, 그러고는 우르르……. 그렇게 나리는 다른 친구들과도 잘 어울려 놀았고, 반나절 맛보기도, 우리와 처음으로 떨어져서 1박을 했던 하루도 모두 무사히 통과했다. 우리는 휴가 기간에 맞춰 열흘간 하루에 22유로(일주일 단위로 숙박 일이 길어질수록 이용료가 더 싸진다.)를 지불하기로 하고 반려견 호텔을 예약했다.

그런데 생각지도 못한 문제가 터지고 말았다. 나리의 생리가 예상보다 한 달이나 일찍 시작된 것이다. 개들은 몸집 크기에 따라 생리 횟수가 다른데, 나리 같은 중형견들은 일 년에 두 번, 육 개월에 한 번 정도 생리를 한다. 2월에 생리를 했으니, 원래대로라면 8월에 해야 했을 생리가 한 달이나 앞당겨졌다.

문제는 독일에 있는 반려견 호텔은 생리 중인 개를 받아 주지 않는다는 것이다. 아는 지인들과 친구들을 통해 다른 도시에 있는 제법 큰 반려견 호텔들도 알아보았고, 개인이 하는 펫시터들도 알아보았지만 이미 투숙하는 수컷(중성화 여부와 상관없다.)이 있기 때문에 받아 줄 수 없다고 했다. 할 수 없이 우리는 가족 여행을 취소하기로 했다. 나리만 혼자 집에 두고 갈수는 없으니…….

그런데 우리 사정을 딱하게 여긴 지인이 도움을 자청했다. 저먼 셰퍼드 협회 소속 훈련사이자 전문 브리더 출신인 디터 아저씨가 나리를 위해 정원까지 개조해서 기꺼이 맡아 주시겠다고 하셨다. 이렇게 고마울 수가! 덕분에 우리는 가족 여행을 무사히 다녀올 수 있었다.

🐾 한 달 사이 나리는 넘버 2가 되어 있었다

2023년 여름휴가를 통째로 한국에서 보냈다. 오랜만에 가족들과 지인들을 만날 생각에 마음이 끝없이 부풀어 올랐지만, 막상 긴 시간 집을 비우려니 신경 쓰이는 것들이 한둘이 아니었다.

그중에 가장 큰 걱정은 나리였다. 데려가기도, 두고 가기도 걱정이었다. 나리를 입양하고 처음 가는 한국행이라 더 그랬던 것 같다. 은행 업무나 공과금 등은 다녀와서 하면 되도록 처리해 두었고, 집 앞에 쌓여 갈 우편물 등은 친절한 이웃 크루거 아저씨가 관리해 주기로 했고, 병원의 우편물은 그전에 휴가를 다녀온 직원이 중간에 들여다봐 주기로 했다.

하지만 천진한 눈빛으로 꼬리를 흔들고, 귀를 쫑긋거리는 우리 나리를 위해서는 어떻게 하는 게 좋을까? 아무리 생각해도 나리가 열두 시간 넘게 비행기를 타는 건 무리였다. 소리에 민감해서 어쩌다 고속도로만 타도 사정없이 떨어 대는 겁만보 나리를 비행기에 태워서 열두 시간이나 간다니. 상상도 할 수 없는 일이다. 물론 항공편으로 반려동물을 보내는 경우가 있으니 불가능한 것은 아니지만, 마음이 선뜻 내키지 않았다.

또 데려간다고 한들 한여름 휴가 기간에 다섯 식구가 함께 움직이기도 어려울 터인데 나리까지 있다면? 나리는 매일 세 번 산책을 나가야 하는데, 한국의 폭염을 뚫고 밖에 나갈 수 있을까? 생각할수록 데려가지 않는 것이 나을 것 같았다.

한국으로 떠나는 날 아침, 나리와 함께 케빈의 반려견 호텔로 향했다. 2019년 처음 알게 된 이후 지금까지 나리가 심심해하거나 필요할 때마다 이곳에 나리를 맡기고는 했다. 그사이 케빈의 반려견 호텔은 점점 인원이 늘어나 이제는 함께 일하는 훈련사들도 여러 명이고, 훈련사 교육도 한다. 충분한 인원이 투숙견들을 세심하게 보살핀다. 이 점이 마음에 들어 집에서 거리는 조금 멀지만 우리는 매번 이곳을 찾곤 했다. 나리는 반려견 호텔에 갈 때마다 훈련사들에게 예쁨을 받았고, 다른 개들과도 친해져서 집으로 돌아가는 걸 아쉬워하는 것처럼 보일 때도 있었다.

물론 처음부터 나리가 적응을 잘한 건 아니다. 반려견 호텔에는 넓은 정원과 구분된 놀이 공간이 충분하지만, 수십 마리의 투숙견들이 있기에 시간별 계획이 딱딱 정해져 있다. 정원에서 뛰어노는 시간이 끝나고 내부로 들어가야 하는 시간, 부르자마자 재깍 쫓아오는 다른 개들과 달리 더 놀고 싶어서 정원에 철퍼덕 앉아 버린 나리를 보고 훈련사는 당황했다.

"나리는 불러도 안 오고 자기가 놀고 싶으면 정원에서 들어오지를 않아요. 그래서 제가 몇 번이나 찾으러 갔는지 몰라요."

그래서 처음에는 말썽꾸러기들에게 다는 노란색 줄을 차고 있기도 했다. 하지만 천방지축 나리도 단체 생활의 참맛(?)을 알게 되어 제법 빠릿빠릿해졌고, 훈련사들도 비록 조금 느리지만 사람을 좋아하는 나리의 성향을 파악하고는 예뻐해 주었다. 그렇지만, 평소보다 기간이 길어서일까? 찾아가는 발길도 마음도 무거웠다. 나리가 혹시라도 아련한 눈빛으로 보면 어쩌지? 차마 발길이 떨어지지 않을 것 같은데…….

이별의 순간, 심란했던 사람 무안하게 나리는 신바람 나게 꼬리를 흔들며 문 안쪽으로 사라졌다. 자기 집 가듯 자연스레 훈련사를 따라 들어가는 나리의 모습에 그렁그렁 눈물 맺힌 눈가가 접히며 헛웃음이 터졌다. 아, 울다가 웃으면 안 되는데. 온갖 걱정을 안고 평소보다 더욱 잘 부탁드린다는 말에 힘을 실어 나리를 맡기고 나왔다.

한국에 도착해 보니 역시나 나리를 데려오지 않은 게 다행이라는 생각이 들었다. 반려견을 데리고 다니는 사람을 보면 나리가 생각나고 보고 싶었지만, 한국의 여름은 너무 더웠고 기억하던 것보다 인도가 더 좁고 복잡했다.

좁은 길을 수많은 사람이 오갔다. 반려견과 산책하는 사람, 조깅하는 사람, 그냥 지나가는 사람 등등. 간혹 자전거나 배달 오토바이도 빠르게 지나갔다. 보행자 도로와 자전거 도로가 나뉘어 있는 독일 주택가 인도는 중형 반려견뿐만 아니라 대형 반려견과도 편히 오갈 수 있을 정도로 넓은 편이다. 그에 비해 한국 주택가 인도는 폭이 좁고 복잡해서 산책시키기 어려울 것 같았고, 그래서인지 소형견이 많았다. 어쩌다 나리 같은 중형견을 만나면 엄청나게 커 보였다. 나리를 한국에 데려왔다면 산책하는 것도, 아파트에서 엘리베이터를 타고 다니기도 쉽지 않았겠구나 싶었다.

한 달 후, 독일에 돌아오자마자 반려견 호텔로 달려갔다. 차가 카우풍엔 시가지를 지나 숲길을 달려 점점 반려견 호텔에 가까워졌다. 마음이 바이킹을 탔다. 얼마나 달라져 있을까? 살이 좀 빠졌으려나? 우리를 보고 반가워할까? 아니면 덤덤해할까? 혹시 너무 늦게 왔다고 원망하려나? 머릿속으로 할 수 있는 모든 상상을 하며 반려견 호텔 앞에 선 나는 그만 빵 터지고 말았다.

나리가 글쎄 창가에 늠름한 모습으로 서 있는 것이 아닌가? 요 반려견 호텔의 창가로 말할 것 같으면, 이른바 투숙견들의 명당, 핫 플레이스다. 밖을 내다보며 오는 사람 가는 사람 구경할 수 있고, 다른 개들의 이동도 지켜볼 수 있는 창가는 늘 인기 있는 자리다. 그렇지만 두세 마리밖에 올라갈 수 없는 공간이라 늘 경쟁이 치열했다. 당연히 창가는 덩치 크고 힘센 불도

그, 복서, 도베르만, 셰퍼드, 래브라도리트리버 같은 아이들 차지였다.

우리 나리는 겁이 많아 평소 작고 사나운 개들이 짖거나, 하다못해 성깔 있는 고양이가 하악거리기만 해도 찔끔하며 꼬리를 내리고 꼼짝 못 한다. 그런 겁만보 나리가 창가에 서 있다니……. 한 달이나 있다 보니 저절로 서열이 업그레이드된 건가. 그렇게 생각하니 맘이 짠하기도 하고, "어쩌다 넘버 2가 된 거야? 나리?" 싶어 웃음이 나기도 했다. 만감이 교차하며 만난 나리는 아무 일도 없었던 듯 깨방정을 떨었고 우리는 퇴근하듯 평소처럼 집으로 돌아왔다.

그리고 나리는 오늘도 변함없는 모습으로 노트북 자판을 두드리는 내 옆에 철퍼덕 드러누워 '심심해. 언제 끝나개?' 하는 얼굴로 나를 빤히 올려다본다.

"알았어, 나리. 우리 이제 산책 갈까?"

말이 끝나기 무섭게 나리는 바닥에서 일어나 늘 하던 요가 비슷한 동작으로 허리 스트레칭을 한다.

산책 중 집 앞에서 만난 지랄발광 소형견의 짖는 소리에 나리는 하품을 하고 꼬리를 내리며 두 눈을 끔뻑이며 먼 산만 보았다. 늘 그러하듯……. 나는 웃으며 나리에게 말했다.

"나리, 넘버 2는 어디 간 거야?"

🐾🐾 우리 집 개나리 예방 접종하는 날

그날은 성은 개요, 이름은 나리인 우리 집 개나리가 예방 접종하는 날이었다. 동물 병원 시간과 우리 근무 시간이 맞지 않아 날짜를 몇 번이나 바꾼 끝에 얻은 기회였다. 이날 갔던 동물 병원은 우리 집과는 거리가 꽤 있었는데, 집 근처 동물 병원에 한번 갔다가 좋지 못한 경험을 해서 지금은 가지 않는다.

인터넷을 검색하면 동물 병원 방문 후기가 많이 나온다. 하지만 누가 쓴 건지도 모르는 글을 전부 믿을 수는 없다. 어떤 동물 병원에 유독 나쁜 후기가 달렸다고 해서 그 병원이 정말 나쁜 곳인지는 알 수 없다. 그 글을 쓴 사람이 이상한 사람일 수도 있으니까. 후기가 너무 좋을 경우도 마찬가지. 그래서 나

는 산책 중에 만나는 반려인들에게 다니는 동물 병원을 물어
봤고, 고심 끝에 한 곳을 선택했다.

　많은 사람이 추천한 이 병원은 2대째 동물 병원을 하는 곳으
로, 숙련된 직원이 많아 척하면 착인 경우가 대부분이었다. 또
한 수의사 수도 많아서 갑자기 예약을 바꿔야 할 때도 그렇게
까다롭지 않았다. 상황에 따른 융통성이 있는 곳이라 마음에
들었다고나 할까.

　당시는 코로나19 바이러스가 유행한 상황이라 보호자는 병
원 밖에서 기다려야 하고 동물 환자들만 진료실 안으로 들어
갈 수 있었다. 그래서 전화로 예약할 때 접수처 직원에게 우리
애는 너무 쫄보라 우리 없이 낯선 곳에 가 본 적이 없다고 말
했다. 그랬더니 비가 안 오면 밖에서도 진료가 가능하다며 따
로 알려 주겠다는 게 아닌가!

　동물 병원 가는 날, 다행히 날씨가 좋았다. 자, 이제 가벼운
마음으로 동물 병원으로 출발! 나리는 자동차 타는 것을 좋아
한다. 우리 차는 트렁크가 낮고 작아 나리의 켄넬을 넣을 수
없다. 그래서 처음부터 뒷좌석에 태웠다. 나리가 좋아하는 이

불을 깔아 주고 반려동물용 안전벨트를 채워 주면 얌전히 앉아서 바깥세상 구경도 하고 끔벅끔벅 졸기도 한다.

그런데 이번에는 뭔가 다른 낌새를 눈치챈 건지 조금 긴장한 모습이었다. 보통 우리가 나리를 차에 태울 때는 식구들과 집에서 조금 떨어져 있는 넓은 공원이나 숲으로 산책 나갈 때, 반려동물 용품 가게에 갈 때, 아니면 동물 병원에 갈 때. 이 셋 중 하나다.

평소와 똑같은 자리에, 게다가 제일 좋아하는 언니가 옆자리에 앉았는데 표정이 밝지 않다. "아무래도 이상한데, 우리 어디 가는 거개?"라고 말하는 듯. 꺼림직한 표정의 나리가 재미있어 연신 "괜찮아."를 말하며 나리를 안심시켰다.

드디어 동물 병원 앞에 도착했다. 처음 보는 풍경이지만 어쩐지 익숙한 병원 느낌에 나리는 차에서 내리자마자 일단 줄행랑을 쳤다. 그래 봐야 리드 줄 안에서이지만. 딸내미가 나리와 함께 천천히 동물 병원 근처를 산책하는 동안 나는 접수를 했다.

초인종을 누르니 마스크에 얼굴 보호대까지 한 접수처 직원이 나와 번호가 적힌 진동벨을 줬다. 코로나19로 당분간 보호

자는 병원에 들어갈 수 없으니, 바깥에서 대기하고 있다가 순서가 되어 진동벨이 울리면 반려동물을 데리고 병원 문 앞으로 오라고 했다. 나는 예약 당시 상황을 전하며 우리 나리가 쫄보라 날씨가 좋으면 밖에서 진료를 받기로 했다고 말했다. 예약 내용을 확인한 직원은 진동벨이 울리면 의료진이 나올 테니 기다리라고 했다.

이 상황을 모르는 나리는 낯선 여행지를 탐방하듯 병원 근처 풀밭에서 느껴지는 낯선 개들의 흔적을 맡으며 조금씩 병원 앞쪽으로 전진했다. 주변 환경에 익숙해진 나리가 병원 앞 벤치에 얌전히 앉아 있을 즈음, 진동벨이 울려 댔다.

병원 문이 열리고 파란색 가운을 입은 간호사가 나왔다. 간호사는 얌전히 기다리는 나리를 보더니, "오우, 나이스!"를 외치며 이제 곧 수의사가 나올 테니 지금처럼 앉아 있으면 된다는 말을 남기고 병원으로 다시 들어갔다.

다시 병원 문이 열리고, 수의사와 간호사가 다가왔다. 나리는 낯선 여인들의 손길에 당황했지만, 곧 다시 얌전해졌다. 노련한 수의사와 간호사는 쫄보 나리를 어떻게 안심시켜야 하는지 잘 알고 있었다. 수의사가 입안을 열어 보고 귀를 들여다

보고 요리조리 몸을 만져 보며 검사를 할 때도, 청진기로 심장 소리를 들을 때도 나리는 점잖게 기다렸다. 간호사가 몰래 등 뒤에 숨겨 온 예방 주사를 놓을 때조차. 그렇게 전문가들의 현란한 솜씨에 넘어간 나리는 아야, 소리 한 번 없이 후다닥 예방 접종을 마쳤다.

후유. 뭔가 큰일을 끝낸 것 같은 후련함을 뒤로하고 여러 장의 계산서가 손에 쥐어졌다. 만족스러운 진료였지만 진료비를 내야 하는 순간이 되니 살짝 배가 아파 왔다. 한국에서처럼 독일의 동물 병원도 의료보험이 적용되지 않는다. 자비로 부담해야 한다.

기본 진료비, 예방 접종, 치석 제거제까지 해서 76.75유로가 나왔다. 한화로 약 11만 원. 예방 주사 약값에 치석 제거제가 들어가 있다고 해도 15분 남짓의 진료비로는 비싸다. 여기에 진드기약이라든가 기생충약이 포함되면 금세 15만 원, 20만 원으로 뛴다. 거기에 초음파 또는 엑스레이 등의 검사가 추가되면 비용은 기하급수적으로 올라간다.

병원비가 이렇게 부담스럽다 보니 독일에는 반려동물 보험을 드는 사람이 많다. 그중에서도 여러 가지 수술 상황을 대비

접종 전

우리 어디
가는 거개?

접종 후

견생무상이로다멍.

하는 보험과 사고가 났을 때를 대비한 보험을 많이 든다. 나리도 두 가지 보험을 모두 들었지만, 아직 사용할 일은 없었다. 앞으로도 그러길……

진료비는 비쌌지만, 별 탈 없이 예방 접종을 끝낸 것에 감사해야지. 나는 얼떨결에 예방 주사를 맞고 몽롱해 있는 나리를 쳐다보며 말했다.

"나리야, 오늘 엄마 일해서 번 돈 너한테 다 들어갔데이!"

기특하게 엄살도 안 부리고 태연하게 있었지만, 나리도 예방 주사를 맞느라 힘이 들었는지 창밖을 보는 표정이 차분하다. 꼭 이렇게 말하는 것 같았다.

"예쁜 선생님이 놓았어도 주사는 아프고, 몰래 주사까지 놔놓고 간식도 안 주는구나. 견생무상이로다멍."

개똥 때문에 경찰 부를 뻔한 날

나는 '인상은 과학이다'라는 말을 믿는다. 짧지 않은 생을 살아오며 수많은 사람을 만나고 겪어 보니 생긴 대로 논다는 말에 점점 수긍이 갔다. 그래서 첫인상을 굉장히 중요하게 생각하는 편이다. 물론 인상이 그 사람의 모든 것이 될 수는 없다. 인상과는 생판 다른 사람도 분명 존재한다. 내 주변에도 있다. 그것도 아주 가까이에.

내 남편을 본 한국 사람들은 대부분 이렇게 말한다.

"아유, 진짜 사람 좋아 보인다. 시집 잘 갔어, 정말!"

그리고 독일 사람들은 이렇게 말한다.

"친절하고 인간적으로 보이네요."

남편은 크게 쌍꺼풀진 눈과 동그란 콧방울을 가졌다. 말 그대로 눈도 둥글, 코도 둥글 전반적으로 동글동글한 인상이라 마냥 선해 보인다. 하지만 무슨 말에도 허허 웃으며 포용할 것 같은 따스한 인상과는 다르게 남편에게는 불같은 구석이 있다. 또한 나는 눈꼬리가 처져 있어서인지, 겁이 많고 마음이 약할 것 같다고들 한다. 하지만 내 안에 분노가 차오를 때는 처진 눈꼬리가 옆으로 쭉 올라가면서, 나를 물렁하게 보던 독일 사람들이 오금 저릴 인상으로 변하곤 한다. 오늘 그 식겁할 인상을 오랜만에 사용할 일이 생겼다.

느지막한 오후, 나리를 데리고 산책을 막 나선 참이었다. 아침부터 맑은 하늘에 비가 오다 말다 여우비가 내렸다. 나는 커다란 우산을 들고 남편은 나리의 리드 줄을 쥐고 항상 가는 동네 윗길로 올라가고 있었다. 우리 옆으로 자동차 한 대가 굉음을 내며 지나갔다. 화려한 금색으로 치장한 자동차는 뭔가 억지로 굴러가는 듯한 쇠 긁는 소리를 내고 있었다.

"겉은 멀쩡해 보여도 뭔가 문제가 있군."

남편과 나는 듣기 거북할 정도로 비정상적인 소리를 내는 자동차를 보며 말했다. 우리는 길을 건너 반려견들이 자주 산책을 나오는 풀밭을 지나갔다. 여기저기 냄새를 맡던 나리가 엉덩이를 내리고 쉬를 했다.

그때였다. 저쪽에서 누군가 이쪽을 향해 외치는 소리가 들렸다. 뭐지? 저 멀리 아래쪽에서 남자 두 명이 아까 그 요란하던 자동차를 주차장에 세워 두고 공구 박스를 꺼내는 것이 보였다. 아마도 그 자동차의 주인인가 보다. 그중 한 명은 자동차 밑으로 들어가 뭔가를 돌리고 있었고, 한 명은 멍키 스패너 같은 공구를 들고 우리 쪽을 쳐다보며 뭐라 뭐라 하고 있었다.

나는 "뭐라고요?"라고 물었고, 그 남자는 "거기 강아지 똥 치워요!"라며 소리쳤다. 우리는 황당한 표정으로 서로를 바라보며 "이게 뭔 소리야 우리? 우리 나리?"라고 되물었고, 저쪽 아래까지 들리고도 남을 큰 목소리로 말했다.

"애 지금 오줌 쌌어요, 똥 싼 거 아니에요!"

"내가 방금 봤는데 똥 싼 거 얼른 치워요!"

우리는 인상이 저절로 찌푸려졌다.

"아니 똥이 아니라 오줌이라니까요!"

"내가 봤다니까 그러네!"

아니, 싸지도 않은 것을 어떻게 본다는 거지?

보통 개의 수컷은 다리를 옆으로 들어 올린 자세로 쉬를 하고, 똥 눌 때만 엉덩이를 내린다. 그러나 암컷은 엉거주춤 앉아서 오줌을 싼다. 똥일 경우는 힘을 줘야 해서 엉덩이가 오히려 조금 올라가고 귀가 옆으로 내려가기 마련이다. 이런 내용은 개를 키우지 않으면 모를 수도 있다. 나리 엉덩이가 내려간 것만 보고 오해를 했을 수도 있다. 그러나 싸지도 않았는데 똥 싸는 걸 봤다니 답답할 노릇이 아닌가?

"아니 여기 직접 와서 봐요, 똥이 어디 있나?"

기가 막힌 남편이 와서 보라고 말했더니, 그 남자는 오지도 않고 그 자리에 서서 동네방네 떠나갈 듯 큰 목소리로 말했다.

"아니, 내가 똥 싸는 거 분명 봤다니까요. 안 치우면 경찰에 신고합니다."

아 뭐, 이런 경우가 다 있나. 독일에서는 반려견의 똥을 치우지 않으면 벌금을 낸다. 다만 일반 경찰 소관이 아니고 단속반이 따로 있다. 경찰까지 들먹이니 웃음이 났다. 내가 어이없어 헛웃음을 짓는 사이 욱한 남편이 외쳤다.

"그래 경찰 불러! 아니, 여기 와서 확인해 보라니까 왜 안 와? 그럼 내가 가지!"

오해한 건 저쪽이지만, 순간 걱정이 되었다. 그 남정네들의 몽타주가 범상치 않아 보였기 때문이다.

"아니 뭐 하러 상대해! 그냥 가자!"

열받아서 내 말은 입력조차 되지 않을 남편을 말리러 뒤를 따랐다. '똥이 무서워서 피하나, 더러워서 피하지'라는 말도 있지 않은가. 그 남자들은 무엇보다 덩치가 컸다. 건장한 남자 둘과 건장하지 않은 남자 하나, 건장하지만 힘없는 여자 하나, 그리고 작업복 입은 아저씨들을 유난히 좋아하는 개까지. 절대적으로 우리가 불리해 보였다.

싸지도 않은 똥을 쌌다고 우기던 남자는 가까이서 보니 더 험상궂어 보였다. 하지만 이미 분노가 폭발한 남편은 같이 소리를 지르고 있었다.

"아니, 우리 개가 똥을 싼 게 아니라 오줌을 쌌다는데 왜 와서 보지도 않고 여기서 소리칩니까?"

"내가 언제 소리를 질렀어요? 그리고 아니면 됐지 뭘 그래요! 소리는 지금 그쪽이 치고 있구먼!"

"아니 뭐, 아니면 말고?"

"쉿, 조용!"

나는 옥신각신하는 남자들 사이에 서서 외쳤다. 누구랄 것 없이 목소리가 잦아들었다. 내 처진 눈꼬리가 올라가며 눈을 부라리니 흰자가 검은 눈동자보다 훨씬 더 많이 보이며 나와 눈을 마주친 남자가 흠칫 놀랐다.

"저기요, 옆에서 직접 보신 거 아니잖아요. 우리 개가 똥 싸는 거 말이에요. 얘는 분명히 오줌을 쌌어요! 그리고 우리는 항상 우리 개가 싼 건 다 치우고 다닌다고요!"

그러자 남편은 재킷 주머니에서 배변 봉투를 꺼내 보여 주었다.

"이거 봐요, 이거. 우린 이만큼 들고 다닌다고요!"

봉투를 들어 보이는 남편의 아이 같은 모습에 웃음이 났지만, 표정을 풀지 않은 채 그 우락부락한 남자에게 이야기했다.

"이 동네에 개똥 안 치우는 사람이 많은 거 알아요. 그렇다고 덮어놓고 모두가 그럴 거라고 생각하면 안 되죠!"

그랬더니 그는 기다렸다는 듯 이야기했다.

"제가 시 소속 환경미화원인데 이 동네에 개똥이 너무 많아요! 그래서 매일 정말 많은 똥을 치우거든요."

우리도 안다. 풀밭 사이에서 화석처럼 굳어 있는 것부터 얼

마 되지 않은 것까지 정말 다양한 개똥을 보았다. 충분히 이해
가 갔다.

"맞아요. 이 동네에 유난히 안 치우고 다니는 사람이 많은 것
같아요. 고생하시네요!"

그랬더니 그 남자가 좀 전의 생떼 부리듯 하던 것과는 다르
게 공손한 말투로 이렇게 이야기했다.

"미안해요, 내가 잘못 본 것 같아요. 좋은 주말 보내세요."

"사과하셨으니 됐어요. 그쪽도 좋은 주말 보내세요!"

개똥 사건은 언제 목청 돋우며 싸웠냐는 듯이 정중한 인사
로 끝이 났다.

상대의 성급한 판단으로 오해를 받아 황당했지만, 이 동네
에서 활동하는 환경미화원이라 하니 이해가 되었다. 정말이지
양심 없는 견주가 너무 많기 때문이다. 우리 집에서 한 블록
내려간 풀밭에는 누군가 꽃을 심고 가꾸는데, 어느 날인가 손
글씨로 쓴 작은 푯말이 꽂혀 있었다.

"당신의 네발 달린 사랑스러운 아이가 이 화단을 밟지 않게
조심히 해 주세요. 우리는 이 거리를 예쁘게 하기 위해 노력하
고 있답니다."

진심 어린 손 글씨 푯말이 위력을 발휘했는지, 그쪽 길거리 풀밭에는 개똥이 거의 보이지 않는다. 그런데 우리 쪽 풀밭은 난리일 때가 많다. 인터넷에서 반려견의 천국 독일이라는 표현을 볼 때마다 나는 "개똥 천국이라 불러 다오."라며 중얼거리곤 한다.

어쨌거나 자기네 반려견이 변을 봐도 그냥 가 버리는 양심 없는 견주들 덕분에 스트레스를 받는 사람이 꽤 많은 것 같다. 세상을 함께 살아가기 위해서는 너나 할 것 없이 서로 간의 기본적인 예의와 배려가 꼭 필요하다. 특히나 가정마다 반려동물이 늘고 있는 요즘, 무심코 저지른 이기적인 행동으로 인상 쓸 일 또한 늘어난다. 매너를 지키는 작은 행동 하나가 모두의 하루를 즐겁게 할 수 있다. 서로가 행복한 세상이 되기 위해서는 이제 펫티켓도 중요하다는 생각이 들었다.

이른 아침 부부 싸움이 일어난 까닭

한여름 독일에서는 새벽 다섯 시면 동이 트기 시작한다. 여섯 시만 되어도 밖은 이미 환하다. 거기에 새들은 또 어찌나 활발한지 그 지저귐에 알람이 없어도 자동으로 여섯 시면 눈이 떠진다. 또 저녁에는 아홉 시가 넘도록 해가 지지 않는다. 마치 겨우내 부족했던 햇빛을 보상이라도 해 주듯 해가 떠 있는 시간은 길고, 한낮의 햇빛은 강렬하다 못해 따갑다.

그렇게 해가 길게 떠 있다 보니 자연스레 밤에 늦게 자고 아침에 일찍 일어나고를 반복하게 된다. 잠이 부족한 듯하여 주말이라도 조금 늦잠을 자 볼까 했는데, 습관이라는 것이 무섭다. 오늘도 평소처럼 눈이 떠졌다.

일찍 일어난 김에 남편과 나리를 데리고 산책을 나섰다. 산책 나온 김에 카푸치노도 테이크아웃하고 몇 가지 빵도 살 겸 윗동네 빵 가게에 들르기로 했다. 아직 공기가 데워지지 않은 이른 아침은 선선하니 상쾌하다. 사람도 자동차도 거의 없어 간간이 스쳐 지나가는 바람 소리와 새소리뿐, 마치 시간이 멈춘 듯 조용하다.

나리는 평소와는 다른 길에서 만나는 낯선 개, 고슴도치, 다람쥐의 흔적을 쫓아 한없이 킁킁거리며 신나 있었다. 나는 남편과 천천히 걸으며 무슨 빵을 사 올까부터 일상의 잡다한 대화를 하며 오밀조밀한 동네 골목을 누볐다. 남편이 새로 생긴 카페에 대해 이야기를 하고 있을 때였다. 남편 뒤에서 쫄랑거리며 오고 있던 나리가 바닥에서 뭔가를 주워 먹고 있는 걸 포착했다.

"어머, 나리 뭐 먹어!"

다급한 내 외침에 남편은 쥐고 있던 리드 줄을 빠르게 당겼다. 그리고 나리 입에서 누가 먹다 버렸는지 알 수 없는 빵 조각을 빼서 버렸다. 나리는 못내 아쉬운 표정이었으나 분명 삼분의 일은 삼킨 듯했다. 오 마이 갓!

독일의 주택가 구석구석을 다니다 보면 생각보다 정말 많은 쓰레기를 보게 된다. 마시다 버린 맥주병에 먹다 버린 빵 조각들은 흔하고, 잔디밭에서 피크닉을 했는지 양념 묻은 파스타가 굴러다니는 걸 본 적도 있다. 수시로 환경미화원이 쓸고 닦으면 뭐 하나, 옆에 쓰레기통이 버젓이 있어도 바닥에 버리는 것을. 아니 왜 저리 많고 많은 쓰레기통을 놔두고 길에 던져버리는 것인지 도무지 이해할 수가 없다. 껍질 벗겨진 채 잔디밭에 널려 있는 빵들, 그중에서도 안에 소시지나 살라미가 들어간 것들은 나리에게 그야말로 로또다.

이미 먹은 것은 어쩔 수 없지만 언제 버려진 것인지도 모르는 것을 먹고 탈이라도 날까 싶어 인상이 저절로 구겨졌다. 무언가 잘못 주워 먹고 위경련이 일어나 동물 병원 응급실에 뛰어갔던 때를 떠올리면 지금도 오금이 저린다.

그래서 나는 나리가 뭘 주워 먹을까 봐 산책할 때 눈에 레이더를 켤 때가 많다. 길에 쓰레기를 아무 생각 없이 버리고 가는 개념 없는 인간들도 문제지만 함께 산책하던 반려견을 꼼꼼히 챙기지 못한 반려인의 책임도 있는 것이니까.

나는 남편에게 화난 목소리로 말했다.

"아니, 좀 잘 쳐다보고 있지. 그새 뭘 먹었잖아!"

내 질책에 남편은 뾰로통해졌다.

"왜 나한테만 그래? 너도 있었는데?"

남편의 그 말을 시작으로, 우리는 결혼 25주년을 기념하는 은혼식도 치른 부부답게(?) 시시콜콜한 것들을 꺼내 들고 길에서 싸웠다. 근처에 한국어를 알아듣는 이들이 없었기에 망정이지 얼마나 유치찬란했는지. 머리에 흰머리가 듬성듬성 난 사람들이 마주 보고 서서 내가 잘했네, 네가 못했네 하며 툴툴 거리고 있으니 말이다. 둘이 합쳐 백 살도 훌쩍 넘는 우리는 초등학생 저리 가라 할 정도로 유치하게 싸웠다. 그러고는 서로 삐져서 한동안 말이 없었다.

순간 우리 부부를 싸우게 해 놓고 왜 그러냐는 듯 멀뚱멀뚱 보고 있는 나리를 보니 웃음이 터졌다. 웃음으로 표정이 풀려 서일까, 굳어 있던 분위기가 풀렸다. 언제나 그러하듯.

우리는 별것 아닌 것들로 서로 삐졌다가 풀렸다가 하는 걸 부부 싸움이라고 생각한다. 특히 요즘에는 남편이 갱년기가 되다 보니 드라마를 보다가 코끝이 빨개지고 눈물을 글썽인다. 또 정말 아무것도 아닌 걸로 욱하고, 말투가 사나웠다느니,

자기 탓만 했다느니, 이제 함께 산책을 다니지 말자느니……. 지극히 감정적인 말들을 쏟아내고 팩하고 토라져 그야말로 잔뜩 삐진다.

남편만 그런 줄 아는가. 나 또한 갱년기의 절정을 달리고 있다. 그래서 예전 같으면 참았다가 남편이 진정이 되었을 때 조목조목 잘잘못을 따지고 사과를 받아냈을 일도, 지금은 말이 뇌를 거치지 않고 거침없이 쏟아질 때가 많다. 그야말로 사나움이 주룩주룩 흐를 때인 것이다.

그래, 이번에는 내가 봐주자. 드라마 보고도 눈물을 글썽이는 갱년기 남편이 아닌가. 오늘 점심은 남편이 좋아하는 카레를 만들어 줘야겠다.

우리는 주로 먹을 것으로 서로를 위로하고 화해의 손을 내민다. 남편의 소울 푸드 중의 하나인 카레 한 그릇이면 마음을 풀기에 충분하다. 우리 집 부부 싸움은 칼로 물 베기가 아니라 칼로 카레 만들기랄까?

🐾 영화와 현실의 차이

독일 사람들은 대부분 티어하임에서 반려견을 입양한다. 티어하임은 우리나라로 하면 유기 동물 보호 센터 같은 곳이다. 그곳에는 믹스견이 가장 많고, 그렇다 보니 산책에서 제일 자주 만나는 견종도 믹스견이다. 그다음으로 래브라도리트리버, 골든리트리버, 저먼 셰퍼드, 프렌치 불도그, 닥스훈트, 보더 콜리 등등이다. 그래서인지 나리는 이 동네 어디서나 눈에 띈다. 매우 드문 견종이기 때문이다.

나리는 아키타견이다. 시청에 있는 반려견 세금 부서에서 나리를 반려견으로 등록할 때 담당 공무원에게 물어보니 자기가 알기로는 우리가 살고 있는 도시에서 최근 등록된 아키타견은 나리를 포함해 세 마리쯤이라고 했다. 몇 년 전 반려견 박람회에서 만난 아키타 동우회 회원 아저씨에 의하면 회원이 독일 전역에 걸쳐 사백 명이 조금 넘는다고 했다. 그만큼 독일에서 아키타견은 자주 볼 수 있는 견종이 아니다. 그래서 나리와 산책을 다닐 때면 종종 오해를 받는다. "여우예요?"부터 "썰매 끄는 강아지구나, 네 썰매는 어디 있니?"라고 묻는 이들까지.

언젠가 우리 집에서 한 블록 떨어진 주택가를 산책하고 있었다. 정원에 있던 어떤 할아버지가 "아, 얘가 하치코구나!"라며 알은체를 해서 한참 이야기를 나눴다. 할아버지는 나리라는 이름이 이 동네 이름인 '나디네(Nadine)'의 애칭과 비슷하다며 더 반가워하셨다. 그러고는 만날 때마다 "할로, 친구! 이동네에서 제일 예쁜 하스키(허스키의 독일식 발음)."라고 인사를 하신다. 언젠가는 정원에서 잡초를 뽑다가 주방에 있는 할머니를 부르며 "여보, 우리 예쁜 하스키가 오늘도 썰매를 놔두고 왔어."라고 말씀하셨다. 그러자 할머니가 하던 일을 멈추고 밖으로 나와 나리의 머리를 쓰다듬으시면서 "그린 것처럼 예쁘게 생겼어."라고 하셨다.

그런 할아버지와 할머니의 살뜰한 반가움이 정겹고, 나리의 견종을 알려드려도 매번 잊어버리시는 것이 재밌어서 웃음이 터지고는 한다. 견종이 뭐가 중요하겠는가. 나리는 나리인걸.

할아버지가 나리를 불렀던 '하치코'는 〈하치 이야기〉라는 영화에 등장하는 주인공 개의 이름이다. 이 영화는 아키타견의 감동적인 실화를 바탕으로 만든 것으로 유명하다. 독일에서는 동물이 나오는 영화를 좋아하는 사람들이라면 누구나 한 번쯤 보았을 만큼 인기 있는 영화다.

영화를 본 사람들은 "맞죠, 하치코?"라고 반가워하며 묻고는 한다. 특히나 나리의 귀여움이 절정을 달하던 오 개월에서 육 개월쯤에는 지나가던 사람들이 꼭 한 번씩은 쳐다보며 미니 하치코라면서 반가워서 어쩔 줄을 몰라 했다.

그중에는 영화를 보고 펑펑 울었다는 이들도 있고, "아키타는 진짜로 그렇게 집사 바라기예요?"라고 묻는 이들도 있다. 또는 주변에 누군가 아키타를 반려견으로 데리고 있거나 아키타 견종에 대해 들어본 사람들은 "얘가 한 고집한다면서요?", "얘가 그렇게 머리가 좋다면서요?"라고 묻기도 한다.

앞서 말했듯이 영화 〈하치 이야기〉는 실화를 바탕으로 만든 영화다. 영화 속 하치코가 주인이 집으로 돌아오기를 기다린 것은 분명한 사실이다. 하지만 영화와 현실은 다른 구석이 있기 마련이다.

예를 들어 영화에서는 하치코가 리드 줄 없이 반려인의 출근길을 함께 따라가며 기차역으로 배웅도 하고, 또 반려인이 집으로 돌아올 때쯤이면 어김없이 기차역으로 마중을 가는 장면이 나온다. 리드 줄 없이 맨몸으로 혼자서 말이다. 물론 교육이 잘되면 아키타견 중에도 그게 가능한 아이들이 있을 것이다.

하지만 우리 집 나리는 아니다. 지금까지 독일에서 만난 다른 아키타견의 반려인들도 모두 리드 줄 없이는 아무 곳도 다닐 수 없다고 이야기했다. 왜냐하면 아키타견은 독일에서 말하기로 '자기 머리가 따로 있는', 즉 '고집스러운' 견종이자 훈련하기 어려운 견종이기 때문이다.

독일에는 강아지 숲처럼 반려견들이 리드 줄 없이 자유로이 뛰어다니도록 허락된 곳들이 여러 군데 있다. 그런데 비단 그런 숲이나 공원이 아니어도 훈련이 잘된 개들은 뛰어놀다가도 견주가 부르면 즉각 달려오기 때문에 리드 줄 없이 강아지와 사람이 함께 나란히 서서 걸어 다니는 것을 심심치 않게 본다.

물론 거저 되는 건 아니다. 독일 사람들은 반려견이 어려서

부터 훈데슐레, 즉 반려견 학교에 데리고 다니면서 집에서도 꾸준히 훈련을 한다. 동네를 다니다 보면 반려견과 오 미터에서 십 미터 정도 되는 긴 리드 줄을 가지고 다니며 훈련하고 있는 모습을 자주 볼 수 있다. 나리도 훈데슐레에 다닐 때 훈련사 한스와 함께 숲에 가서 긴 줄로 훈련을 하곤 했다. 긴 리드 줄을 가지고 점점 풀어 주며 강아지가 돌아다닐 수 있는 행동반경을 넓혀 주는 훈련이다. 이때 '멈춰'와 '이리 와'는 필수다. 그렇게 리드 줄 훈련이 끝나면, 그다음은 줄 없이 돌아다니다 반려인의 부름에 달려오는 훈련을 반복한다. 한스의 말로는 처음에는 딴청을 부리다가도 이런 훈련 과정을 거치면 대부분의 개가 훈련된다고 했다.

그런데 나리는 대부분에 속하지 않은가 보다. 아무리 불러도 뛰어다니기에 바빴다. 우리 쪽은 처다도 안 봤다. 어느 때는 다른 동네에서 발견한 적도 있고, 또 다른 때는 산책 때 만난 반려인들이 붙잡아 주기도 했다. 우리 동네에서 간식 안 주고 훈련 잘 시키기로 유명한 반려견 훈련사 한스도 두 손 두 발 다 들었다. 평소에 주지 않는 간식까지 줘 가며 훈련했지만, 나리는 간식만 날름 받아먹고 저 가고 싶은 곳으로 뛰어가서 불러도 오지 않았다. 결국 한스는 나리는 안 되겠다고, 그냥 리드 줄을 가지고 다니라고 했다. 이런 세상에. 독일의 많고 많은 저 푸른 초원 위에 개들이 자유로이 뛰어놀도록 허락된 숲에서도 나리는 언제나 리드 줄을 하고 있어야 한다. 어쩌겠는가, 훈련사도 고집불통이라며 포기한 고집견인 것을.

또 하나 영화와 현실(우리 나리만 그렇다면 좀 슬프다.)의 차이점은 견주 바라기. 나리는 영화에서처럼 견주만 바라보는 견주 바라기가 아니다. 낯선 사람을 보면 저러다 꼬리가 빠지지 않을까 싶을 정도로 격하게 꼬리를 흔들고 인사하고 싶어 안달한다. 그중에서도 환경미화원, 우체부, 수리공 등 유니폼 작업복을 입은 아저씨들을 특히 좋아한다.

이 외에도 나리는 영화 속 주인공 하치코와 다른 점이 많다. 아무리 같은 견종이라도 성격은 저마다 다를 테니 어찌 보면 당연한 일이다. 하지만 난 나리와 함께라서 좋다. 고집도 세고, 가끔 넘쳐나는 에너지를 감당하기 힘들 때도 있지만 우리 가족의 마지막 구성원이 되어 천천히 스며들고 있는 나리가 우리와 오래오래 함께하길 마음 깊이 바란다.

🐾🐾 타이슨이 선택한 집사 하이케

나리가 우리에게 온 그해 여름, 왕초보 집사인 우리는 하루 하루가 좌충우돌이었다. 그날은 나리가 함께하는 공놀이의 즐거움을 깨달은 역사적인 날이었다. 오전 내내 공놀이를 하던 나리가 오후 산책을 하다가 갑자기 토했다. 이런 일은 처음이었고, 게다가 혼자였기에 당황해서 어쩔 줄을 몰라 하고 있을 때였다. 반려견과 산책을 하던 어느 아주머니가 걸어오는 게 보였다.

나는 아주머니에게 우선 내가 왕초보 집사임을 밝히고, 도움을 요청했다.

"우리 나리를 바로 병원으로 데려가야 할까요?"

자기 이름을 하이케라고 밝힌 아주머니는 주변 상황을 보더니, 나리가 다른 날보다 조금 흥분해서 놀지 않았냐고 물었다. 오전에 공놀이를 아주 신나게 하고 왔다고 말했더니, 하이케는 그게 원인일 수 있다고 말했다. 너무 신이 나서 흥분했을 경우에도 강아지가 갑자기 토를 할 수 있다는 거다. 하이케 옆에 얌전히 기다리고 있는 반려견 타이슨도 하이케의 손자들이 놀러 오는 날이면 신나게 놀다가 이렇게 토한 적이 몇 번이나 있었다고 했다.

하이케의 설명을 들으니 놀란 가슴이 조금씩 진정되었다. 다시 팔팔해진 나리를 보고 안심이 되니 하이케 옆에서 뭘 좀 아는 듯 너무나 조용히 앉아 있는 타이슨이 궁금해졌다.

일곱 살이 된 타이슨은 프렌치 불도그였다. 그 유명한 복싱 선수인 타이슨에게서 따온 이름이냐고 물었더니 하이케는 웃으며 아마도 그런 것 같다고 했다. 아마도라니?

"타이슨의 이름을 직접 지은 게 아닌가요?"

하이케는 따스한 웃음과 함께 타이슨과 만난 영화 같은 이야기를 들려주었다.

오 년 전 하이케는 건강상의 문제로 일을 그만두고 집에서

요양하고 있었다. 시간이 많아진 하이케는 동네 공원 산책을 자주 했다. 그러다 우연히 젊은 부부가 데리고 다니는 까만색 개를 봤는데, 왠지 모르게 자꾸 눈길이 갔다. 하지만 동물을 키울 생각을 한 번도 해 본 적이 없었기 때문에 지나다니며 보기만 했었다.

그러던 어느 날, 공원 벤치에 앉아 쉬고 있던 젊은 부부에게 다가가 이 개가 몇 살인지, 이름이 무언지, 한번 만져 보아도 되는지를 물어보았다. 묘한 일이었다. 자녀 넷을 키울 때도 개나 고양이를 집에 데려올 생각을 해 본 적이 없었는데, 유독 타이슨은 자꾸 신경이 쓰였다.

그렇게 오가며 타이슨과 인사하던 어느 날 그 젊은 부부가 혹시 일주일 정도 타이슨을 맡아 줄 수 있겠냐고 부탁을 했다. 하이케는 한 번도 개를 키워 본 적이 없었지만, 자기도 모르게 흔쾌히 부탁을 들어주었다. 그렇게 타이슨은 침대와 사료를 포함한 반려견 용품들과 함께 하이케에게 왔다. 하이케는 일주일 동안 타이슨과 매우 특별한 시간을 보냈다.

어느덧 약속된 일주일이 지나고 타이슨을 젊은 부부에게 돌려보낸 하이케는 서운한 마음에 바닥에 주저앉아 아이처럼 엉

엉 울어 버렸다. 보다 못한 남편이 티어하임에 가서 비슷한 강아지를 데려오자고 했지만, 하이케는 거절했다. 아무리 비슷하게 생겨도 타이슨이 아니니까.

며칠 후 저녁, 하이케 집 초인종이 울렸다. 문밖에는 뜻밖의 손님이 있었다. 타이슨의 반려인인 젊은 부부가 타이슨을 안고 서 있었던 것. 타이슨은 하이케를 보며 미친 듯이 꼬리를 흔들어 댔고 젊은 부부는 놀라운 이야기를 들려주었다.

"집으로 돌아온 날부터 타이슨이 밥도 안 먹고 물도 안 마시고 힘없이 축 늘어져서 산책을 가도 좋아하지 않고 아무것도 하고 싶어 하지 않았어요. 혹시 괜찮으시다면 타이슨을 입양해 주시겠어요?"

그렇게 타이슨과 하이케는 운명처럼 서로에게 이끌려 가족이 되었다. 타이슨은 하루에도 몇 시간씩 하이케와 산책을 다니고, 집에서도 하이케가 있는 곳이라면 어디든 자리를 잡고 앉아 졸기도 하고, 멍때리기도 하며 오 년을 함께 보내고 있다고 한다.

나중에 알고 보니 하이케와 타이슨이 처음 만난 당시 타이슨의 반려인들은 갑자기 실업자가 되어 경제적으로 아주 힘든 상황이었다고 한다. 그래서 타이슨에게 신경을 쓰지 못하는 상태였단다.

"공원에서 타이슨을 처음 만났던 그때, 내가 눈을 뗄 수 없었던 건 타이슨의 눈망울 때문이었어요. 텅 빈 슬픈 눈동자가 내게 말을 걸었던 것 같아요. 나를 좀 데려가 달라고."

🐾 라일라와 루비

독일에서 반려견과 함께 사는 사람이라면 산책은 필수다. 거의 모든 개가 실외 배변을 하기 때문이다. 나리도 하루 세 번이상 산책을 나간다. 눈이 오나 비가 오나 날씨가 좋으나 그렇지 않으나 무조건이다. 지금은 습관이 되어 괜찮지만 처음에는 정말 쉽지 않았다.

이른 아침이면 떠지지 않는 눈을 간신히 뜨고 비몽사몽간에 나리를 데리고 출근 전에 한 바퀴 돌고 와야 한다. 점심시간에도 어김없이 산책을 나간다. 비바람에 천둥 번개가 쳐도, 눈이 수북이 쌓였어도, 뙤약볕에 머리가 벗겨지게 생겼어도 일단 밖으로 나가야 한다. 고된 업무를 마치고 잠이 쏟아지는 와중

에도 여지없이 저녁 산책을 나가야 한다.

　나리와 산책을 하면서 생긴 버릇도 있다. 수시로 사방을 둘러보는 것. 주변에 혹시라도 나리가 주워 먹을 빵 조각이 떨어져 있는지, 건너편에서 킥보드를 타고 오는 어린아이가 있는지, 저 멀리 낯선 개가 오지는 않는지 등등. 나리를 자극할 수 있는 무언가가 있는지 미리 살펴야 하기 때문이다.

그날도 주변을 두리번거리며 나리와 산책을 하고 있었다. 저 멀리 언덕 아래에서 깡충거리며 걸어오는 갈색 개가 보였다. 발바닥에 스프링이라도 달린 것일까, 아이는 세 발로 폴짝폴짝 뛰듯이 걷고 있었다. 점점 서로의 거리가 좁혀지자 나는 나리와 잠시 그 자리에 멈춰 섰다. 새로운 개 친구를 만나면 좋아서 정신 못 차리는 나리가 혹시라도 그 아이에게 갑자기 다가가는 것을 막기 위해서였다.

갈색 개는 점점 우리에게 다가왔고, 나와 갈색 개의 반려인은 거리를 두고 마주 선 채 인사를 나누었다. 밝은 갈색 털을 가진 개의 이름은 루비. 반려인 라일라는 루비에게 인기 있는 어린이 판타지 소설의 주인공 이름을 붙였다고 한다. 라일라가 처음 루비를 만났을 때 그 이름이 떠올랐다고. 반려견 루비는 동그랗고 순진한 눈에 길고 풍성한 갈색 머리칼을 가진 소설 속 주인공을 똑 닮아 있었다.

라일라는 루비를 티어하임에서 입양했다고 한다. 래브라도 리트리버가 섞였고 두 살이 넘었을 것으로 추정하지만, 나이도 오게 된 사연도 정확히는 알지 못한단다. 티어하임에서 입양된 개들은 대부분 루마니아, 불가리아 등 동유럽에서 버려진 아이들이다. 나이도 견종도 불확실하고 그 아이들이 겪었을 사연도 정확히는 알 수 없다.

어떤 아이는 사람을 무서워해서 멀찍이 서서 인사만 하고 가야 하고, 어떤 아이는 사람은 괜찮은데 다른 개를 무서워하고 어울리지 못한다. 루비 역시 그렇다. 루비는 불가리아 거리에서 구조되었는데, 아마도 다른 개들에게 공격을 받았던 트라우마가 있는 것 같다고 추정할 뿐이다.

산책을 하다 보면 종종 루비처럼 세 발로 걸어오는 아이들을 만난다. 사고 또는 지병으로 다리 수술을 받는 경우가 있기 때문이다. 그런데, 루비는 입양할 당시 이미 세 발로 서 있었다고 했다. 가족이 있을 때도 힘들었을 텐데, 세상에나 그 전에 그런 일을 겪었구나. 그럼에도 입양을 했구나…….

순간 이런 생각을 하는 나 자신에 깜짝 놀랐다. 평소, 세 발로 다니는 아이들은 단지 딛고 선 땅이 조금 작을 뿐 다르지 않다고 생각했다. 그런데 그건 나와는 상관없는 남의 일이어서 그렇게 생각했던 것일지도 모르겠다는 생각이 들었다. 순간 부끄러움이 차올랐다. 라일라가 편안한 웃음을 지으며 담담하게 말했다.

"루비의 순진하고 깊은 눈동자를 마주했을 때 우리는 바로 알았어요. 이 아이는 우리의 가족이 되겠구나 하고 말이죠."

어느 가을 동네 시냇물에서 보았던 못 먹는 밤 카스타니언이 떠올랐다. 스쳐 가는 바람결에 나무에서 하나둘 떨어진 갈색의 카스타니언은 마치 물속에서 자라는 것처럼 보였다. 루비가 원래부터 라일라네 가족으로 보였던 것처럼. "우리 가족이 되겠구나 생각했어요."라고 말하는 라일라의 담담한 목소리가 내 맘속에 툭 하고 떨어져 내렸다.

🐾 산책길에서 만난 동안 커플

제법 공기가 차가워진 늦가을 산책길에서 라라와 나딘 할머니를 만났다. 처음 만났을 때는 소형견인 라라가 나리를 보고 겁을 먹었는지, 그 조그만 몸을 바들바들 떨며 짖어 대서 가던 길을 바꿔서 갔었다. 그러던 어느 날 우리 집 앞에서 딱 마주친 나리와 라라가 서로 조심스레 엉덩이 인사를 나누고부터는 더 이상 라라가 나리를 보고 짖지 않았다. 덕분에 나딘 할머니와 이야기를 나눌 수 있었다.

누구나 역사책 한 권, 드라마 한 편 이상의 이야기를 갖고 살지 않는가. 나딘 할머니도 그랬다. 체구도 작고 목소리도 낮고 조용한데 말씀을 어찌나 재미나게 하시는지, 이야기를 시작하면 시간 가는 줄 모르고 듣곤 했다. 나리 역시 할머니가 주시는 간식에 넘어가서 얌전히 앉아 있는다. 작고 빠릿빠릿한 라라는 열네 살로 사람 나이로 치면 이미 백 세 가까운 할머니다. 육십 대 후반, 많아야 칠십 대 초반이라 생각했던 나딘 할머니 또한 여든둘이셨다. 엄청난 동안 커플이었다.

나딘 할머니가 라라를 처음 만난 곳은 티어하임이었다. 할아버지가 돌아가시고, 함께 키우던 반려견마저 무지개다리를 건너자 나딘 할머니는 무척 힘들었다. 그런 나딘 할머니에게 어느 날 아들이 티어하임에 함께 가 보자고 했다. 하지만 나딘 할머니는 아들의 제안을 거절했다. 자기에게 남은 날이 얼마나 될지도 모르는데, 강아지를 데려와 끝까지 보살펴 주지 못하면 어쩌나 하는 생각에서였다. 그러나 계속되는 권유에 나딘 할머니는 티어하임에 있는 개들을 그냥 보기만 하고 오자는 생각으로 아들을 따라나섰다.

그런데 묘하게도, 그중에 한 마리가 다음 날이 되어도, 그다음 날이 되어도 또렷이 기억났다. 그래서 할머니는 다시 한번 티어하임을 방문했다. 그토록 잊히지 않던 아이를 한 번 더 보기 위해.

"한 번만 보고 와야지 했어요. 그런데 라라가 내 품에 안기고, 이 아이의 나이를 듣고 나서는 다시 내려놓을 수가 없었어요. 아마 영감이 살아 있었다면 잘했다고 칭찬했을 거예요."

그렇게 그해 라라는 나딘 할머니 댁에 입양되었다. 모두가 기적 같은 일이라고 말했다.

티어하임에 있는 유기견 대부분은 불가리아, 에스파냐, 이탈리아, 루마니아, 헝가리, 그리스 등 다른 유럽 국가에서 왔다. 누군가에게 버려져 그 나라 거리를 떠돌다가 구조되어 그곳의 유기 동물 보호 센터에 들어갔지만, 그곳에서도 감당이 안 되어 안락사 직전까지 갔다가 극적으로 구조되어 독일로 넘어온 경우들이다. 요샛말로 사연 만렙인 아이들이다. 그래서 건강 상태로 대략적인 정보를 추측할 뿐, 나이도 견종도 불확실하다. 나딘 할머니와 처음 만났을 당시 라라의 추정 나이는 열두 살. 나딘 할머니와 만나기까지 얼마나 많은 우여곡절을 가슴에 품고 있었을까.

나딘 할머니는 인형처럼 작고 귀여운 할매 개 라라와의 하루하루가 자신에게 일어나는 작은 기적이라고 이야기한다. 하루 네 번 라라와 산책을 다니며 나딘 할머니는 더없이 건강해

지쳤고 적막한 집 안에서 라라가 내는 작은 소리들이 삶에 온기를 불어넣었다.

우리는 일어나기 어려운 일들, 마치 마법 같은 일들이 벌어지는 것을 기적이라 부른다. 나딘 할머니와 라라는 오늘도 그들만의 기적을 더해 간다. 소파와 창가에 앉아 햇볕을 쬐며, 낙엽이 소복이 쌓인 거리를 산책하며, 그렇게 눈이 오나 비가 오나 더우나 추우나 늘 함께하는 순간으로 말이다.

안내견 막스와 잉그리트 할머니

우리가 막스를 처음 만난 건 나리가 우리에게 온 그해 겨울이었다. 당시 강아지였던 나리는 다른 개를 만날 때마다 놀고 싶어서 안달했고, 우리는 일단 들이대고 보는 나리를 말리느라 애를 먹었다.

대부분의 견주는 다들 경험이 있는지라 '어리구나.' 하고 이해해 주었지만, 간혹 "애 훈데슐레 안 다녀요?"라고 묻는 이들도 있었다. "지금 다니고 있어요."라는 우리의 수줍은 대답에 황당해하는 표정으로 "무척 힘드시겠네요!"라고 위로를 남기고는 했지만 말이다. 그만큼 나리는 천방지축이었다.

어느 오후, 나리와 산책을 나갔을 때였다. 콩콩거리며 풀냄새를 맡던 나리가 갑자기 풀을 뜯어 먹는 게 아닌가! 마치 서부 영화에 나오는 험상궂은 아저씨가 한쪽 입가를 실그러뜨리는 것처럼, 또는 동네 껌 좀 씹던 언니가 다리를 떨며 고개를 꺾고 껌을 씹는 것처럼 풀을 질겅거리면서 말이다. 말 그대로 개 풀 뜯어 먹는 모습을 사진으로 남기고 돌아서서 자주 다니는 윗길로 올라가려던 참이었다. 길 위쪽에서 누군가 고래고래 소리를 지르고 있었다.

"거기 앞에 길 좀 비켜 주세요! 개가 다가오지 못하게 해 주세요!"

설마 우리에게 한 소리인가 싶어 목을 길게 빼고 위를 올려다보았다. 길 가운데는 아무도 없었고 한참 위쪽에 자그마한 할머니와 검은색 래브라도리트리버가 조심스레 내려오는 모습이 보였다. 한두 걸음 더 내려온 할머니는 그 자리에 서서 또다시 고함을 쳤다.

"길 좀 비켜 달라고요!"

금발의 작고 통통한 모습의 할머니는 기다란 시각 장애인용 지팡이를 짚고 계셨고, 외투 왼쪽 가슴팍에는 선명한 노란색에 검은색 점 같은 동그라미가 그려진 시각 장애인용 배지가 달려 있었다. 할머니는 작은 체구에서 어찌 저리 큰 소리가 나오나 싶을 만큼 동네가 떠나가라 쩌렁쩌렁하게 소리를 치셨다. 상황은 충분히 짐작하겠지만 뭔 일 난 것도 아닌데 냅다 소리를 지르시니 내심 당황스러웠다. 나는 오죽 답답하고 걱정이 되면 저러실까 싶어 상세히 상황을 설명했다.

"염려하지 마세요. 지금 저희는 서 계신 곳에서 백 미터쯤 떨어진 아래 왼쪽 옆으로 서 있어요. 지나가실 공간이 충분하니 그냥 그대로 내려오시면 됩니다."

그리고 며칠 뒤 동네 마트에 장을 보러 갔다가 그 할머니를 다시 만났다. 그 할머니는 나를 기억하고 계셨다. 할머니는 내게 "저기 혹시 며칠 전에 우리 산책하다 만나지 않았어요?"라고 물었고, 나는 오이를 고르다 말고 "아, 네. 맞아요. 기억하시는군요."라고 말했다. 그랬더니 할머니가 다정한 목소리로 사과를 하셨다.

"그날은 내가 정말 미안했어요. 그 집 강아지가 어린 것 같아서 혹시라도 우리 막스에게 덥석 다가올까 봐 걱정이 돼서 그만 소리를 질렀어요. 언젠가도 강아지 때문에 막스가 흥분해서 내가 같이 넘어진 적이 있었거든요."

성견이 되기 전 강아지들은 걸음걸이도 다르고 동작도 산만하다. 할머니의 눈은 흐릿한 형태만 식별할 수 있었는데, 아마도 나리가 내는 부잡스러운 소리로 나리의 똥꼬발랄을 눈치채신 모양이다. 그렇게 알게 된 막스와 잉그리트 할머니는 산책하다 자주 만났고, 그때마다 멀찍이 떨어져서 서로의 안부를 나누었다.

그러던 어느 날, 오랜만에 산책길에서 다시 만난 막스가 입마개를 하고 있었다. 한참 떨어진 상태로 할머니와 인사를 하던 나는 궁금함을 참지 못하고 물어보았다.

"막스가 입마개를 하고 있네요?"

우리 동네 개들은 대부분 입마개를 하지 않는다. 2024년 독일 벌금 목록에 따르면, 독일에서는 반려견 입마개 착용이 필수 의무 조항이 아니다. 대형 견종 역시 마찬가지다. 맹견 또는 투견으로 길러지거나 분류된 아메리칸핏불테리어, 아메리칸스태퍼드셔테리어, 로트와일러, 도사견 등의 견종은 공공장소와 대중교통 이용 시 입마개 의무 조항이 있다. 단, 헤센주와 바이에른주는 제외다.

"막스가 요즘 산책 중에 자꾸 이것저것 주워 먹어서 배탈이 났어요. 그런데 내가 잘 안 보여서 못 먹게 할 수가 없어요. 조금 갑갑하겠지만 입마개를 하는 게 좋을 것 같아서요."

막스처럼 훈련이 잘된 안내견들도 그런 일이 생기는구나 싶었다.

"나리는 대학가 쪽으로 산책 나가는 걸 제일 좋아해요. 그 앞 풀밭에서 빵이나 과자 쪼가리를 잘 찾아내거든요. 어찌나 동작이 빠르고 깔끔한지 몰라요. 저희한테 뺏기니까 이제는 입 안에 뭔가를 잽싸게 넣고는 입을 꾹 다물고 아무것도 안 먹은 척한다니까요."

이야기를 하다 보니 주워 먹는 것 때문에 입마개를 했던 다른 개들도 생각났다. 나리만 보면 난리 블루스를 떨며 짖는 갈색 푸들은 한동안 그 앙증맞은 입을 막고 다녔다. 아무거나 마구 주워 먹었기 때문이다. 나리의 절친 보더 콜리 케시야도 한동안 입마개를 하고 다녔다. 산책길에 잘못 주워 먹고 배탈이 났기 때문이다. 케시야처럼 영리하고 훈련이 잘된 아이도 식탐에는 어쩔 수 없었나 보다.

그러고 보니 나리와 다니며 알게 된 게 참 많다. 푸르게만 보

이는 독일의 잔디밭이 알고 보면 방금 다녀간 듯 따끈한 것에서부터 고대 유물처럼 굳어 있는 개똥 천지라는 것도. 사람들이 풀밭 구석구석 빵이며 과자 등을 아무렇게나 던져 버리는 일이 많다는 것도. 입마개를 하는 경우가 꼭 사나워서만은 아니라는 것도. 나리 덕분에 세상을 보는 눈이 조금은 더 넓어지고 세심해졌다.

🐾 독일의 반려견 동반 호텔 체험

크림색 털, 순진한 갈색 눈망울, 수시로 쫑긋거리는 보송한 귀. 심장이 찌릿할 정도로 귀여운 강아지가 우리 삶에 들어온 그날부터 많은 것이 달라졌다.

그중에서 가장 어려운 것은 외출이다. 장시간 외출도, 여행도, 출장도 나리의 상황을 늘 고려해야 하기 때문이다. 함께 외출할 때도 반려견 동반이 가능한 곳인지 미리 알아봐야 한다. 반려견 천국이라 불리는 독일에서도 반려견과 함께 갈 수 없는 곳이 생각보다 많기 때문이다. 웬만한 카페나 식당에서는 반려견 동반이 허용되지만, 숙소는 그렇지 않은 경우가 더 많다. 그래서 우리는 한국에 가거나 조금 긴 휴가를 갈 때는 나리를 반려견 호텔에 묵게 한다.

하지만 항상 반려견 호텔에 묵을 수 있는 건 아니다. 나리의 몸 상태도 살펴야 하고, 반려견 호텔 투숙이 가능한지도 살펴야 한다. 그렇다 보니 갑자기 가는 번개 여행은 더 이상 할 수 없게 되었고, 휴가 계획도 늘 나리의 상황을 고려해 세웠다. 갑자기 장거리를 다녀와야 해서 나리와 함께 자동차로 당일치기를 한 적도 있다.

한국에 교환 학생으로 갔던 딸내미가 돌아오는 날이었다. 저가 항공사를 이용하다 보니 이동 시간이 오래 걸리는 데다, 일 년 가까이 지내다 오는 거라 짐도 많을 터였다. 그래서 공항으로 마중을 나가기로 했다. 도착 예정 시간은 오전 아홉 시.

우리 집에서 프랑크푸르트 공항까지는 독일의 고속도로인 아우토반 A7을 타고 쉬지 않고 달리면 두 시간 삼십 분가량 걸린다. 그런데 이건 자동차 상태가 아주 양호하고 도로가 뻥 뻥 뚫려 있으며 중간에 화장실 한 번 가지 않는다는 전제하에서다. 보통은 세 시간이 넘게 걸리는데, 나리와 함께 갈 예정이므로 중간에 나리 산책도 시켜 줘야 한다. 혹여 아우토반에 공사 구간이 나오거나 교통 체증 안에 들어가면 사실 시간은 무의미해진다. 매번은 아니지만 아우토반 위에서 몇 시간씩 기다려 본 적도 있다. 아우토반인데……. 그리고 운이 좋아 모든 경우의 수를 피해 간다 해도 왕복 여섯 시간 운전은 남편에게도 힘들고 내게도 쉽지 않다. 이젠 힘에 부친다.

그래서 이번에는 아예 하루 미리 가서 자고 그다음 날 아침에 공항에서 딸내미를 맞이하기로 했다. 우선 인터넷 검색으로 프랑크푸르트에 있는 반려견 동반 가능 호텔을 찾았다. 에어비앤비나 민박 형태의 숙소도 있지만 공간이나 공항과의 거리 등 우리가 원하는 것과 다소 차이가 있어 일단 호텔을 알아보기로 했다.

우리는 복잡한 시내가 아닌 아우토반에서 가깝고 근처에 공원이나 숲이 있어 나리와 산책할 수 있는 곳을 찾았다. 나리는 복잡한 대도시에서는 배변하는 데 애를 먹는 편이다. 청각과 후각이 뛰어나다 보니 동네에서 접할 수 없는 소리와 냄새에 민감한 듯싶다.

그렇게 해서 고른 곳이 프랑크푸르트 H4 호텔이었다. 예약할 때 반려견 동반이라고 미리 입력해 두었고, 요금은 체크인

할 때 하라고 되어 있어 금액은 알 수 없었다. 아마도 견종 크기 등을 확인하고 결정하는 듯했다. 과연 우리 나리의 숙박비는 얼마일까?

프랑크푸르트는 여러 번 다녀온 도시였지만, 나리와 함께 호텔에서 숙박을 한다고 생각하니 처음 가는 도시처럼 설레기도 하고 괜찮으려나 걱정스럽기도 했다. 마치 새로운 도전을 하듯, 두근거리는 마음으로 아우토반을 달려 호텔에 도착했다. 호텔 로비는 생각보다 훨씬 넓었다. 나리는 집과는 다르게 미끈하고 반짝이는 로비에 들어서자 잠시 긴장한 듯했다. 하지만 사람들이 '어머나 예뻐라'를 연발하며 웃어 주니 천연덕스럽게 주저앉아서 예쁜 포즈를 취해 주었다. 밥 잘 주는 아줌마를 닮아 은근 관종이지 싶다.

나리의 숙박 요금은 15유로로, 생각보다 비싸지 않았다. 환율에 따라 조금씩 달라지겠지만, 한화로 약 2만 원 정도니 그 정도면 착하지 않은가? 이제 방으로 올라가 보자. 연신 두리번거리는 나리와 엘리베이터를 타고 방으로 올라갔다. 생각보다 방도 넓고 깨끗했다. 대도시에 있는 호텔 방들은 넓지 않은 방에 침대 하나만 덜렁 있는 경우가 많은데, 반려견과 함께여서 그런지 여유 공간이 넉넉했다. 위생 관리 역시 철저한 것 같았다. 음, 마음에 든다.

게다가 발코니에서는 숲이 내려다보였다. 보기만 해도 눈과 마음이 시원해진다. 나리도 여기저기 킁킁거리며 냄새를 맡더니 곧 편안해했다. 언젠가 묵고 간 다른 개의 냄새가 아직 남아 있는 걸까. 인간은 절대 맡을 수 없는, 같은 종족만 맡을 수 있는 그런 것 말이다.

그렇게 호텔 방 감상을 끝내고 집에서 가져온 짐을 정리하고 있을 때였다. 똑똑, 누군가 방문을 두드렸다. 누구지? 문밖에는 선하게 생긴 호텔 직원이 서 있었다. "이 방에 반려견이 있지요?"라는 질문에 답을 하기도 전에, 호텔 직원은 문틈 새로 보이는 나리의 쫑긋한 귀를 보며 "오, 너로구나!" 하고 다정한 웃음을 지었다.

순간 나리가 꼬리를 헬리콥터 프로펠러처럼 흔들며 달려 나왔다. 그래, 네가 좋아하는 유니폼 입은 아저씨로구나. 직원은 그런 나리가 귀여운지 너털웃음을 터뜨리며 들고 온 선물 보따리를 내려놓았다. 직원이 주고 간 보따리에는 갈색 반려견 침대, 흰색 쟁반, 반짝이는 은색 물그릇과 밥그릇, 노란색 그릇

받침대, 간식 두 가지, 그리고 파란색 담요가 있었다. 그사이에 놓인 문 앞에 걸 수 있게 만들어진 "방 안에 강아지가 있어요." 표시가 참 귀여웠다.

　하루 15유로 방값에 침대와 담요, 밥그릇, 물그릇 등의 반려견 용품을 사용할 수 있는 이용권이 들어 있는 셈이다. 여러 번 사용한 물건일 텐데 침대도 그릇도 새것처럼 우리 집 나리

것보다 깨끗해 보였다. 반려견을 위한 세심한 배려가 고맙기도 하고, 나리 물건을 이고 지고 온 우리가 웃기기도 해서 웃음이 터졌다. 예약할 때 물어볼걸.

나리도 새 침대가 마음에 들었는지 침대 위에서 몸을 뒹굴며 난리를 쳤다. 그런 나리에게 "나리, 맘에 들어?"라고 물었더니 침대 위에 앉아서 포즈를 취하며 "그 손에 든 휴대 전화로 얼른 사진 한 장 찍고 다른 손에 있는 간식 하나 주지?" 하는 표정으로 나를 빤히 보았다.

속내를 뻔히 알겠기에 또 웃음이 터졌다. 반려견 동반 호텔 괜찮네. 이로써 우리의 활동 반경이 조금 더 넓어졌다.

🐾 이름이 섀도예요

섀도는 검은색과 갈색이 섞인 믹스견이다. 성별은 수컷, 나이는 열한 살로 추정된다. 그림자라니, 이 동네에서 자주 불리는 개구쟁이 느낌의 수컷 이름 막스, 발루, 루키, 찰리와는 다른 느낌이다. 뭔가 사극에 등장하는 호위무사 같기도 하고……. 그래서일까, 섀도는 아직도 다른 개들과 곧잘 어울려 논다. 또래 개들은 상상할 수 없는 체력이랄까.

물론 견종마다 다르고, 또 개마다 달라서 시기를 단정할 수는 없지만, 개 역시 사람처럼 나이가 들면 많은 것이 달라진다. 보통 개 나이로 다섯 살이 넘어가면 산책할 때 잘 뛰지 않는다. 천천히 걸으며 풀밭에서 조용히 음미하듯 풀 냄새를 맡는다. 다른 개를 만났을 때도 비교적 차분해진다. 열 살이 넘어 노견에 들어서면 걸음걸이도 매우 느려지고 인사하려고 다가 오는 강아지들을 귀찮아하기 마련이다. 세상 모든 것이 궁금 해서 고개를 사방팔방 흔들며 귀를 수시로 쫑긋거리고, 부산 스럽게 냄새를 맡던 어릴 때와는 다르게 말이다. 하지만 인간 중에도 중년이 되고 노년이 되어도 여전히 발랄하고 에너지가 넘치는 사람들이 있지 않은가. 우리 집 여섯 살짜리 댕댕이 나 리가 그렇고, 저 집의 열한 살짜리 섀도가 그렇다.

나리와 제법 쿵짝이 맞는 섀도를 처음 만났을 때다.

"이름이 섀도예요?"

리드 줄을 쥐고 푸근한 미소를 짓던 반려인들이 말했다.

"이름이 조금 특이하죠? 우리도 왜 섀도인지, 정확한 이유는 몰라요. 우리가 지은 이름이 아니거든요."

그분들이 섀도를 만나게 된 전후 사정은 이렇다. 원래 섀도 는 지금 반려인들과 정원 울타리가 나란히 붙어 있는 옆집 노 부부가 키우던 강아지였다. 섀도라는 이름은 할머니가 그림자 처럼 늘 함께하자는 의미로 지어 주셨다고 전해 들었단다. 몇 년 전 할머니는 먼저 하늘나라로 떠나셨고, 혼자 남은 할아버지는 섀도와 산책도 다니고 정원에도 함께 나와 계셨다고 한다. 옆집이었기에 지금 반려인들은 자연스럽게 섀도를 자주 만나게 되었다. 정원에서 잡초를 뽑다가도 만나고, 꽃을 심다가도 만나고. 만날 때마다 섀도는 반갑게 꼬리를 흔드는 귀여운 옆집 강아지였다. 살갑게 구는 섀도가 귀여워 친하게 지냈는데, 언젠가부터 할아버지는 섀도 걱정을 하셨다고 한다. 할아버지마저 세상을 떠나 섀도가 혼자 남게 되면 어쩌나 하고 말이다. 자식도 없고 지인 중에는 딱히 섀도를 맡아 줄 사람이 없었다고 한다.

할아버지가 걱정하실 때면 "할아버지가 건강하게 오래 사시면 되죠!"라고 말씀드렸지만, 언제부터인가 혹시라도 나중에 섀도가 혼자 남게 된다면 입양해서 함께 살면 어떨지 진지하게 고민하기 시작했다. 반려견을 입양하면 생활의 많은 부분이 달라지기 때문에 그 모든 것을 감당할 수 있을까에 대해 심사숙고했고, 결국 그렇게 할 수 있겠다는 결론을 내렸다고.

이들처럼 대부분의 독일 사람은 반려견을 입양하기 전에 심사숙고한다. 순간적으로 너무 귀엽고 예쁘니까 데리고 있고 싶어서 하루 이틀 만에 뚝딱 결정하는 것이 아니라, 다각도로 현실적인 것들을 일일이 고민해 보고 결정을 내린다. 하루 세 번 이상 산책을 해야 하는데 가능할까? 휴가 갈 때는 어떻게 하지? 이럴 경우 저럴 경우 내가 감당할 수 있을까? 등등. 구체적인 상황을 미리 검토해 보고 가능하다는 결론이 나면 그제야 입양을 위해 유기 동물 보호 센터나 브리더를 알아본다. 그래서 독일에서는 반려견을 파양하거나 유기하는 일이 드물다.

세월이 흘러 정정하시던 옆집 할아버지가 돌아가셨고, 갈 곳 없는 섀도를 지금의 반려인들이 입양하게 되었다. 둥글둥글 정 많게 생긴 아저씨는 코끝을 찡긋거리며 말했다.

"그때 우리가 반려견을 입양할 수 있을지 미리 고민했기 때문에 섀도를 우리 가족으로 데려오는 데 망설임이 없었어요. 앞으로 어느 정도가 될지는 모르지만 섀도의 남은 시간은 우리가 함께할 거예요."

이야기를 듣다 보니 어쩌면 할아버지가 섀도를 위해 새로운 가족을 미리 준비하신 게 아닐까 하는 생각마저 들었다. 섀도는 할머니의 그림자에서 지금 반려인들의 그림자가 되어 남은 생을 함께하겠지. 나리가 우리 가족에게 그러하듯이 말이다.

나의 하루 너의 칠 일

 태어난 지 십육 주였던 강아지 나리가 우리에게 온 지 만 육 년이 되었다. 성은 개요, 이름은 나리. 이제 몸은 다 자란 성견 이 되었지만 하는 짓은 그해 여름과 크게 달라진 것 같지 않 다. 어느 날은 기함할 일을 저질러 놓고도 "나리!" 하고 소리치 면 "왜? 나 불렀개?" 하는 해맑은 눈망울로 쪼르르 달려온다. 식구들 신발을 물어다 정원 어딘가에 숨겨 두고 시치미 뚝 떼 고 있던 그때처럼…….

 또 어떤 날은 주저리주저리 이야기보따리를 늘어놓는 내 말 을 들어 주기라도 할 듯 옆으로 와 가만히 드러눕는다. 네 시 간을 달려 도착한 집에 들어오기가 무섭게 거실에 마련해 둔

강아지 침대가 제 것인 줄 어찌 알고 발라당 눕던 첫날처럼.

마치 우리 집에서 태어나 항상 우리 가족과 함께 살았던 것처럼 천연덕스러운 나리를 보면, "마지막 자식은 털을 가졌다."라는 독일 속담이 떠오른다.

아침에 부스스 일어나 커피 한잔하려고 소파에 앉으면 어느새 쪼르르 달려와 "오랜만이야, 밤새 잘 잤어? 뭐 먹개? 나도, 나도."라고 말하는 듯 달라고 하지도 않은 발을 선심 쓰듯 마구 내준다. 오전 진료를 끝내고 점심시간이 되어 집에 오면 현관문에 열쇠를 꽂기도 전에 저만의 친근한 언어로 "아우, 아우"를 날리며 "어서 와, 어디 갔었개? 찾아봐도 없더라."를 노래한다. 일과가 끝나고 집에서 음악을 틀어 놓고 '스트레칭'이라 쓰고 '흐느적거리기'라고 읽는 동작을 취할 때면, '안 본 눈 삼'이라는 표정으로 냅다 한쪽 구석으로 사라진다.

어디선가 지나가는 사람들의 말소리나 자전거 소리가 들려온다거나, 우체부 아저씨가 현관문 앞 우체통에 우편물 넣는 소리가 들리면 두 귀를 쫑긋 세우고, 타박타박 네발로 바닥을 꼭꼭 찍어 현관문 앞 지정석으로 향한다. 마감 세일 소리를 듣고 쏜살같이 움직이는 진격의 아주머니(나)처럼…….

현관문 앞 지정석에 철퍼덕 퍼질러서 바깥 구경하던 나리가 벌떡 일어나 꼿꼿한 자세로 고쳐 앉고 목을 기린이라도 되는 양 길게 뽑고 있으면 우리는 바로 알 수 있다. 조만간 집 앞 대로변으로 구급차가 지나가리라는 것을. 삐용삐용 소리에 맞춰 나리는 합창단 지휘자의 손끝만 보고 있던 소프라노처럼 높은 음으로 "아우, 아우"를 불러 젖힌다. 너무 익숙한 장면이라 나리 없이 어디를 가다가 구급차를 만나면 나도 모르게 "우리 나리 지금 아우, 하고 있겠네!"라는 말이 나온다.

현관문 앞에서 열쇠를 꺼내 들 때 평소 문 안에서 우리를 반기던 나리 소리가 들리지 않으면 어쩐지 싱거워진다. 또 문을 열었을 때 나리가 바로 보이지 않으면, 심장이 고층 건물에서 엘리베이터를 타고 내려올 때처럼 아득하게 술렁인다. 일 층 앞 복도와 거실 사이에 드리워진 크림색 커튼 사이로 두 귀를 쫑긋거리며 오고 있는 나리를 발견하기 전까지는 말이다.

어찌 보면 육 년은 그리 길지 않은 시간일지도 모른다. 하지만 개의 시간은 사람의 일곱 배 속도로 흐른다고 했던가. 나의 하루는 나리에게 칠 일이다. 그렇게 생각하니 나리에게 육 년은 꽤 긴 시간이다. 그 시간을 통해 나리와 나는 이제 제법 의

사소통이 되는 사이가 되었다.

"나리!" 하고 부르면, 졸고 있던 고개를 들어 "엉? 불렀개?" 하는 눈빛으로 꼬리를 사정없이 흔들며 쫄랑거리고 다가와 무릎 위에 앙증맞은 턱을 내려놓는다. 그러다가 간식은 줄 것 같지도 않고 휴대 전화로 사진이나 계속 찍을 것 같다 싶으면 쌩하니 뒤도 돌아보지 않고 가 버린다. 애타게 불러도 "니나 마이 하개!" 하는 뜻을 온몸으로 뿜어 대며 말이다.

육 년은 서로에게 물들기 충분한 시간이다. 우리는 그렇게 가족이 되었다. 마치 처음부터 그랬던 것처럼, 나의 하루 너의 칠 일은 그렇게 흘러간다. 이 시간이 앞으로도 오래오래 지속되면 좋겠다.

영상으로 나리를 만나 봐요!

오늘은 댕댕이

초판 1쇄 발행 2024년 11월 25일

글 김중희 **그림** 배누
발행처 주식회사 스푼북 **발행인** 박상희 **총괄** 김남원
편집 길유진 김선영 박선정 이지은
디자인 정진희 권수아 **마케팅** 박병건 박미소
출판신고 2016년 11월 15일 제2017- 000267호
주소 (03993) 서울시 마포구 월드컵북로6길 88-7 ky21빌딩 2층
전화 02- 6357- 0050(편집) 02- 6357- 0051(마케팅)
팩스 02- 6357- 0052 **전자우편** book@spoonbook.co.kr

ISBN 979-11-6581-569-1 (03810)

Dreamday 는 스푼북의 성인책 브랜드입니다.